낯선 동행

〈나답게 청소년 소설〉
낯선 동행

지은이 | 이경순
펴낸이 | 一庚 장소님
펴낸곳 | 답게

초판 인쇄 | 2019년 7월 15일
초판 발행 | 2019년 7월 20일

등 록 | 1990년 2월 2일, 제 21-140호
주 소 | 04994 서울시 광진구 면목로 29(2층)
전 화 | (편집) 02)469-0464, 02)462-0464
       (영업) 02)463-0464, 02)498-0464
팩 스 | 02)498-0463

홈페이지 | www.dapgae.co.kr
e-mail | dapgae@gmail.com, dapgae@korea.com

ISBN 978-89-7574-308-5
ⓒ 2019, 이경순
나답게 · 우리답게 · 책답게

이경순 청소년소설

낯
선
동
행

도서
출판 답게

재작년 겨울, 서울~강릉 간 KTX가 개통되었다. 핑계 삼아 1박2일 여행을 떠났다.

늘 그렇듯 여행길에 많은 사람을 만나고 스쳤다. 그 중엔 배낭을 메고 혼자 여행 중인 청소년도 있었다. 요즘 직장인 보다 더 바쁘다는 청소년, 때문에 느리게 걷는 여행에서 만난 그 친구가 대견해 몇 마디 나누게 되었다.

답답해서 무작정 집을 나섰다는 그 친구의 눈은 어둡고 지쳐보였다. 어깨에서 삶의 무게가 느껴졌다. 시원하게 속을 털어내면 좋으련만 두서없는 말 속에서 그저 어려운 환경과 불안한 미래에 대한 고민을 엿볼 수 있을 뿐이었다. 등을 토닥여주고 돌아서는 길, 마음이 한없이 무거웠다.

세상에 고민 없는 사람이 있을까? 사회 속에서 살아가는 이상 우리는 누구나 크든 작든 자기 몫의 고민(짐)을 안고 살아간다. 하지만 소통 혹은 세상 경험이 부족할수록 남의 짐은 안 보이고 내 짐만 보인다. 그래서 세상에서 나만 힘들다며 괴로워한다. 그럴 때일수록 내게서 눈을 돌려 주변을 찬찬히 들여다보면 좋겠다. 그럼 나만 힘든 게 아니구나, 위로와 함께 '이 정도의 짐은 견딜 만하네.' 싶어지기도 할 터다.

또한 모든 것에 양면성이 있듯 이 '짐'도 확 뒤집어 보면 놀라운 이면을 갖고 있다. 하루빨리 벗어버리고 싶은 버거운 짐이 실상 나를, 우리를, 살게 하는 힘이요, 기쁨일 수도 있다는 것! 그래서 어떤 이는 그게 짐인 줄 모르고 즐겁게 지고 가기도 한다. 화사한 꽃길을 걷듯 즐겁고도 경쾌하게 말이다. 이왕 짊어져야할 짐이라면 벗어던지고픈 괴물 덩어리가 아니라 나를 살게 하는 힘으로, 즐거움으로 받아들였으면 하는 바람을 담아 '낯선 동행'을 세상 속으로 내보낸다.

강릉 여행에서 만난 그 대견한 친구와 힘든 시간을 건너고 있을 이 땅의 모든 청소년들에게 '낯선 동행'이 청량한 한 줄기 바람이 되어 답답한 현실의 숨통을 틔워주었으면 좋겠다. 나아가 위로와 힘이 된다면 더없이 기쁘겠다.

| 차례 |

프롤로그

편지 왔더라.

이 시대에 볼펜 꾹꾹 눌러쓴 편지라니! 네 책상 위에 둠

엄마의 문자를 보며 고개를 갸웃했다. 나한테 편지 보낼 사람이 있던가?

잠깐 아빠 얼굴이 떠올랐다. 오래전 아빠는 쪽지 편지를 내 가방 속에 넣어 주곤 했다. 하지만 이제 아빠는 쪽지 편지를 주지 않는다.

'누가 보냈을까?'

궁금증으로 야간자율학습의 피로마저 가시는 기분이었다. 덕분에 집으로 가는 길이 살짝 설레기까지 했다.

편지는 내 방 책상 위에 놓여 있었다.

발신인을 보다가 나도 모르게 눈이 커졌다.

'이선우'

한동안 내 머릿속을 떠나지 않던 이름, 그러다 어느 순간부터 차츰 잊히다 공부에 밀려 까맣게 잊은 이름, 선우.

동그란 얼굴에 조용히 웃던 선우 모습이 어제 본 듯 선명히 떠올랐다. 까맣게 잊고 있었어도 이름과 동시에 이렇게 선명히 떠오르다니. 기억이란 참 놀랍다.

책상과 창문 사이 빈 벽으로 눈이 갔다.

발 딛고 선 강가를 떠날 용기가 없다면
건너편 강가로 출발할 수 없다

-앙드레 지드

잊고 있었다. 벽에 저 문구가 적혀 있다는 사실조차도.

작년 여름, 선우가 여행 얘기를 꺼내기 전 카톡으로 보낸 문구였다.

답답한 일상을 벗어나 어디로든 떠나고 싶던 내 마음을 뒤흔든 문구였다. 그렇지만 감히 나설 용기를 내진 못했을 것이다. 녀석이 다시 보낸 카톡 내용만 아니었다면.

나는 가방을 던져놓고 편지를 들고 침대에 걸터앉았다.

봉투 하단에 명찰 두 배 크기로 레일바이크와 빨간 우체통이 함께 있는 사진이 인쇄되어 있었다. 사진 아래에는 '뜨거운 여름, 특별한

이벤트! 느린 우체통으로 뜨거운 사랑을 배달해 드립니다 –삼척 레일
바이크!'라고 적혀 있었다.

순간 선우와 함께 했던 지난여름의 '낯선 동행'이 소나기처럼 전신
을 훑고 지나갔다.

6일간의 낯선 동행은 내게 고통인 동시에 슬픔이요 기쁨이었다. 그
여름의 무모함이 있어 불안하고 흐릿하던 내 삶은 비로소 분명하고
또렷해졌다.

01

뜻밖의 제안

중3, 열여섯의 내 여름은 답답하고 무료한 날의 연속이었다.

그 무료함 속에는 언제든 폭발 준비가 된 반항의 열기가 지글거리며 끓고 있었다.

또래 아이들은 그 여름이 고등학교를 결정짓는 중요한 시기라며 방학에도 여전히 학교와 학원, 집을 오갔지만 나는 노닥노닥 카페에서 노닥거리며 보냈다. 그건 엄마와 아빠를 불편하고 힘들게 하고픈 열망에서 비롯된 반항이기도 했다.

노닥노닥 카페는 노닥노닥 쉬기도 하고, 놀기도 하고, 수다도 떨라고 엄마가 붙인 이름이다. 그러니까 노닥노닥 카페의 주인은 우리 엄마다. 깔끔한 분위기에 학교와 아파트 사이에 위치한 꿀 상권 탓에 노닥노닥 카페는 나름 아주 잘 나간다.

나는 거창한 꿈같은 건 없다. 그냥 빈둥빈둥 놀면서 엄마 가게나 물려받아 편안히 먹고 살 생각이다. 그러니 죽으라고 공부할 필요도 없다. 엄마 가게를 물려받는데 학벌이나 성적 따위 필요 없으니까.

카페 구석 자리 하나를 차지하고 앉아 손님을 구경하는 짬짬이 핸드폰으로 게임을 하거나 유튜브를 보며 낄낄거렸다. 막 게임을 시작하려는 찰나 디지털 무전기에서 띠릿, 알림음이 울렸다. 아르바이트생들끼리 사용하는 건데 매니저를 졸라 나도 그들의 연락방에 억지로 끼어들었다.

> 출구, 케이크 살인마 등장! 진열대 사수 바람

> 넵

> 오드리, 출격

무전기에서 짧은 문자들이 좌르르 올라왔다. 이어 별명이 '오드리'인 대학생 누나가 바삐 진열대로 향했다.

'케이크 살인마'는 케이크나 샌드위치를 들고 이리저리 뒤집어보며 내용물을 뭉개 놓는 손님을 말한다. 끝내 사지는 않아서 상품만 망쳐 놓는다.

식당이나 여느 가게들처럼 카페에도 별별 진상 고객들이 다 온다.

아르바이트생들이 꺼리는 진상손님 1위는 반말하는 손님, 2위는 계산하면서 돈이나 카드를 던지는 무리, 3위는 억지 부리는 손님이란다. 아르바이트생들은 그들을 손님이 아니라 '손놈'이라 부른다. 물론 비공식적으로 그들끼리 통하는 은어다.

32살 된 매니저 형이 만든 '손놈 목록'에는 각종 '진상 손님'을 유형별로 나눠 별명과 특징이 적혀 있다. 우리 카페의 비공식 블랙리스트다. 형의 목록엔 별의별 진상 손놈에 맞는 대처 방안 리스트도 있단다.

깍듯하고 반듯한 형은 수많은 알바를 전전하며 알바 달인의 경지에 오른 듯하다. 엄마는 그런 형이 마음에 쏙 들었는지 언젠가부터 매장 관리며 알바 교육까지 슬며시 그 형 몫으로 떠넘겼다.

무전기 내용을 엿보며 카페 돌아가는 걸 지켜보는 건 마치 예측 불가능 드라마를 보는 듯하다. 생생한 현장감으로 인해 때론 여느 웹툰보다 더 재밌다.

> 왼쪽 12시 방향, 히드라 무리 착석.

> 바닥 청소 준비합시다.

나는 왼쪽 12시 방향으로 눈길을 옮겼다.

'히드라'는 대여섯 명이 함께 아메리카노 한 잔 시켜 놓고 2~3시간 버티는 고등학생을 가리킨다. 특징은 바닥에 침 뱉기.

'또 왔네. 도대체 저 조합은 뭐야?'

방학 후, 벌써 세 번째든가? 볼수록 이해가 안 되는 조합이다.

다섯 명 중, 둘은 고딩으로 보이고 둘은 아무리 봐도 중딩이다. 마지막 한 명은 초딩 분위기다.

히드라 대부분은 또래끼리 온다. 어쩌다 무리의 나이대가 제법 층이 질 때도 있지만 그들은 교회 모둠일 경우가 많다. 그런데 저들은 그런 것 같지도 않다. 우선 머리부터가 남다르다. 방학이라 그렇겠지만 고딩의 머리는 불타는 붉은색에 파마다. 또 다른 고딩은 초록색이다. 중딩들도 샛노란 염색머리다. 카페에 들어오는 사람마다 눈길이 저절로 그들을 스윽 훑고서야 빈자리를 찾는다.

내가 그들을 유심히 지켜보고 있는데 누군가 째려보며 다가왔다.

"죽돌이! 이제 아주 출근을 하시네. 차라리 아르바이트로 들어앉던가?"

엄마가 맞은편에 앉으며 말했다.

"정말 학원 안 갈 거야? 대학도 안 가고?"

나는 대꾸도 않고 핸드폰으로 눈길을 옮겼다.

대학 가면 뭐하나. 유명대학 출신들도 40~50대가 되면 누구나 치킨집 사장이 정해진 코스라던데. 엄마도 카페에 앉아 아줌마들이 하는 얘기를 다 들었을 것이다. 그런데도 대학 타령에는 변함이 없다.

"속 터져 더는 못 봐주겠다. 너, 다음 주에 여기나 가!"

엄마가 전단지 한 장을 탁자 위로 휙 던졌다.

전단지를 보는 순간 머리가 지글거렸다. 헐떡이며 뙤약볕에 우르르 걷고 또 걷는 모습이 동영상의 한 장면처럼 눈앞에 펼쳐졌다. 가만 앉아 있어도 땀이 흐르는 이 무더운 여름에 걷다니. 생각만 해도 끔찍했다. 하지만 굳이 엄마를 긁을 필요는 없다.

"이거 진작 마감됐을 걸. 이런 건 원래 적어도 서너 달 전에 모집 마감한다고!"

흥분을 감추고 낮고 침착한 목소리로 말하며 전단지를 엎었다.

"그런 걱정 마셔. 진작 마감됐는데 사정이 생겨 못 가는 아이가 있대. 그 자리 네가 대신 가는 거야. 잔말 말고 가!"

"이 무더위에 무슨 도보여행이야? 엄마는 하나밖에 없는 아들이 더위 먹고 뻗었으면 좋겠어?"

"너 장래 꿈이 엄마 카페 물려받아서 편히 사는 거라며? 그럼 말이라도 잘 들어야 물려주든 말든 할 거 아냐!"

이미 단단히 작정한 듯 엄마는 단호했다.

틀린 말은 아니다. 엄마의 카페라고 해서 당연히 내 꺼가 되는 건 아니다. 엄마가 별거 중인 아빠랑 이혼하고 다른 사람과 재혼할 수도 있다. 혹은 마음에 쏙 드는 매니저 형에게 넘길 지로 모른다. 기분파인 엄마는 얼마든지 그럴 가능성이 있다. 그렇다 한들 내가 할 수 있는 건 없다. 그건 엄마 마음이다. 엄마 카페니까. 그렇다고 순순히 가긴 싫었다.

"조금만 생각할 시간을 줘."

"안 돼. 이 자리도 누가 언제 대신할지 몰라. 무료잖아. 아들 정신차리게 하고 싶은 엄마가 나쁜 만은 아닐 테니까."

엄마는 나를 한 번 째려본 뒤 주방으로 향했다.

나는 입술을 다물며 탁자 위에 엎어졌다. 이 지옥에서 어떻게 벗어나야 할까, 머리를 쥐어짜는데 '카톡' 알림이 들어왔다.

'선우?'

분노에 찬 눈으로 나를 향해 입술을 앙다물던 선우의 마지막 모습이 떠올랐다.

발 딛고 선 강가를 떠날 용기가 없다면 건너편 강가로 출발할 수 없다 -앙드레 지드

'이게 뭐야?'

갑작스런 연락, 거기다 뜬금없는 내용에 고개를 갸웃거리며 내용을 거듭 읽었다. 읽다 보니 굉장히 의미심장하게 느껴졌다. 괜스레 가슴이 두근거리며 어디로든 떠나고 싶어졌다.

영규야, 갑자기 연락해서 놀랐지?
나랑 여행 안 갈래?

'웬 여행?'

내가 고개를 갸웃거리는데 카톡이 다시 왔다.

3박 4일 도보여행, 모든 건 내가
준비할게. 넌 몸만 오면 됨.

'뭐야? 요즘 도보여행이 유행인가?'

생각지도 못한 일이라 머릿속이 어수선했다.

나, 유학 가. 가기 전에.....
너랑 추억 여행하고 싶어.

유학이라니. 내가 아는 선우는 외국으로 유학 갈 만한 형편이 아니었다.

내가 눈을 심하게 데굴거릴 때였다.

네가 어떤 표정일지 알아.
그래, 나 그럴 형편 못 돼.
그런데 그 형편은 어느 날 갑자기 기적처럼 달라지기도 해.

선우는 내 마음을 훤히 읽고 있는 듯했다.

왜 하필 나랑?

음... 그냥... 이대로 떠나면..... 두고두고 마음에 걸릴 거 같아서.... 용기도 좀 필요하고. 유학은 2학기 때 갈 거 같아. 그러니까 방학 때밖에 시간이 없어. 같이 갈 거지?

우리 둘이서?

응

위험하지 않을까?

외국도 아닌데 뭐. 나도 여행은 처음이야.
그래도 한번은 해봐야지. 죽기... 전에!

죽기. 전에?

나도 모르게 눈이 커졌다.

아! 말이 그렇다는 거지.
그만큼 간절하단 뜻이야.

난 또.... 어디로? 얼마나?

강원도 쪽. 바다도 보고, 레일바이크도 타고.
뭐 여기저기. 네 귀한 시간 딱 4일만 줘.

4일?

의학이 발달했으니 별 탈 없으면 우린 90세까진 무난히 살 거야. 그렇지? 그 90세에서 이미 지나간 15년을 빼면 74년! 1년이 365일이니, 74x365=27,010일이네. 앞으로 남은 27,010일에서 나한테 딱 4일만 써.^^

장황하긴.

유학 가면 언제 돌아올지 몰라. 내 마지막을 너랑 추억 여행으로 마무리하고 싶어.

'마지막'이란 말이 다시 가슴에 걸렸다.

여린 녀석이 얼마나 어렵게 말을 꺼냈을까 싶기도 했다.

이번 방학엔 어디든 뜨거운 햇볕 아래 뚜벅뚜벅 걸어 다녀야 할 운명인 모양이었다. 갈 바엔 30명씩 떼로 가는 것보단 선우랑 가는 쪽이 나을 거 같긴 했다. 게다가 6일보단 4일이 고생도 덜할 것이다.

뭐, 어차피 내 방학은 빈둥빈둥 이니까.
그런데 4일 동안 어디서 먹고 자?

걱정 마. 내가 계획 쫙 세워놨어. 아줌마, 아니 사장님이 허락해 주시겠지?

우리 엄마야 네 말이면 뭐든 오케이잖아. 그래도 여쭤는 볼게. ㅋㅋ

나는 전단지랑 핸드폰을 들고 주방으로 향했다.

전단지를 흔들자 엄마가 주방에서 나왔다.

"아무래도 여긴 못 가겠는데?"

전단지를 톡톡 치며 말하자 엄마가 이마를 찡그렸다. 짜증이 폭발 직전이란 뜻이다. 재빨리 선우가 보낸 카톡을 내밀었다.

"어머, 우리 선우가 유학 가니? 역시 모범생이라 다르네. 세상에, 추억여행이래. 정말 낭만적이다!"

"가? 말아?"

"당연히 가야지. 뭘 하든 죽돌이보다야 낫겠지. 대신 매일 위치 문자 보내."

엄마는 큰 숙제라도 해결한 것처럼 개운한 얼굴이었다.

어디든 도보여행만 다녀오면 내가 아주 딴사람이 될 거라고 믿는 모양이었다.

02

낯선 만남

동서울터미널로 들어서자 누군가 나를 향해 손을 번쩍 들었다. 선우였다.

몇 달 만에 만난 선우는 마치 어제도 만난 것처럼 스스럼이 없었다. 커다란 배낭을 등에 메고 어깨에는 낚시 가방 같은 길쭉한 가방을 메고 있었다.

"일찍 나오느라 힘들었지?"

선우가 활짝 웃으며 큰 소리로 외쳤다.

순간 나는 움찔해서 멈춰 섰다. 내가 아는 선우가 아니었다. 눈을 크게 뜨고 그 아이를 자세히 봤다. 겁 많게 생긴 커다란 눈, 짙은 눈썹, 통통하던 몸이 제법 날씬해지긴 했지만 분명 선우였다. 그런데 분위기도 느낌도 내가 알던 선우랑 영판 달랐다. 같은 얼굴의 다른 사람을 보듯 낯설었다.

"진짜 선우 맞냐? 기운이 넘쳐서 다른 앤 줄."

"하하, 그래?"

내 말에 선우는 다시 큰 소리로 웃었다. 억지로 큰 소리를 내어 웃는 것처럼. 아니 마치 연극을 하는 것처럼 부자연스러웠다.

'쟤, 왜 저러지? 안 본 사이 변한 건가?'

순간적으로 여러 가지 생각이 스쳤다. 괜히 같이 간다고 했나 싶기도 했다.

"이상해? 자고로 말은 힘차게 해야 한대서."

"누가?"

"우리 할머니가."

이번엔 저음의 익숙한 목소리였다. 선우는 말하고 나서 쑥스러운 듯 히죽 웃었다.

순간 의혹의 끈이 툭 끊어지면서 가슴 가득 편안한 기운이 번져 왔다.

"오, 맞네! 반갑다, 그랜드마마보이!"

나도 모르게 선우를 향해 손이 번쩍 쳐들렸다.

선우는 말끝마다 '할머니가'를 덧붙여서 아이들이 '그랜드마마보이'라고 놀렸다. 그 놀림이 싫었던지 아이들 앞에서는 꾹 참았지만 나랑 있을 때면 맘껏 '할머니가'를 내뱉었다.

선우가 웃으며 손바닥을 '짝'소리 나게 맞부딪쳤다. 예전에 곧잘 하던 우리만의 인사 방식이었다. 손바닥 한번 부딪혔을 뿐인데 몇 달간의 소원했던 감정과 갑작스런 만남의 쑥스러움 같은 것들이 물거품처럼 사그라졌다.

"배 안 고파? 아직 시간 좀 남았는데 뭐 좀 먹을래?"

선우가 앞장서 걸으며 물었다.

"아니. 방학이라고 늦잠만 잤더니 그새 습관이 됐나 봐."

"그럼 이따 휴게소에서 먹자."

선우를 따라 터미널 안으로 들어갔다. 이른 시간이라 사람이 있을까 싶었는데 꽤 많았다. 우리는 빈자리를 찾아 앉았다.

"어떻게 된 거냐? 갑자기 무슨 유학이야?"

"뭐가 그리 급해. 이제 겨우 여행 시작인 걸. 천천히 얘기해 줄게. 어쨌든 고마워, 같이 가 줘서."

선우는 유학 얘긴 하고 싶지 않은 모양이었다. 말꼬리를 돌리고 싶어 하는 것 같아 더 이상 묻지 않았다. 선우 말대로 이제 여행 시작이고 앞으로 4일간 밤낮으로 붙어 다닐 테니, 널린 게 시간이긴 했다.

"어디 어디 가는 거야?"

"일단 속초로 갔다가 강릉으로 해서 동해를 지나 삼척까지."

"레일바이크도 탄댔지? 검색해 보니 진짜 멋지던데."

"당연하지. 동해 가서 그거 안 타면 제대로 된 여행이 아니지."

선우 목소리가 너무 크다 싶어서 나도 모르게 주위를 살폈다. 다행히 사람들은 의자에 앉아 졸거나 핸드폰을 보느라 신경 쓰는 거 같지 않았다.

　마음을 놓으며 뒤쪽으로 고개를 돌리다 움찔했다. 바로 뒤에 야구 모자를 쓴 남자아이가 앉아 있었는데 나랑 눈이 마주치자 슬쩍 고개를 돌렸다.

　"오늘은 낙산사랑 아바이 마을 돌아보고 강릉으로 넘어갈 거야. 어, 버스 들어왔나 보다. 가자."

　선우가 배낭을 메며 일어섰다.

　나도 바닥에 내려놨던 배낭을 메고 선우 뒤를 천천히 따랐다.

　"네가 창가에 앉아."

　선우의 턱짓에 나는 옷가지가 든 배낭을 선반에 얹고 핸드폰만 챙겨서 창가 쪽에 앉았다.

　기사 아저씨가 탑승객을 확인한 뒤 출입문을 닫을 때였다. 한 아이가 달려와 큰 소리로 '잠깐만요!'를 외쳤다. 아저씨가 문을 열자 까만 야구 모자를 쓴 남자아이가 재빨리 올라탔다. 언뜻 보니 내 또래쯤 되어 보였다.

　"학생, 미리미리 타야지."

　"죄송합니다, 기사님! 그리고 감사합니다!"

　아이는 벌쭉 웃으며 큰 소리로 말했다. 꾸벅 인사까지 하고는 슥슥 걸어오더니 우리 쪽을 힐끗 봤다. 눈이 마주치자 씩 웃었다. 넉살이 좋아 보이는 그 아이는 우리 뒷자리에 털썩 앉았다.

　몇 안 되는 승객을 태운 버스가 달리기 시작했다.

정말 떠나는구나, 싶으면서 괜스레 가슴이 뛰었다. 가족이 아닌 친구랑 단둘이 여행을 하는 건 처음이었다. 설레면서도 슬쩍 걱정이 되기도 했다. 하지만 창문으로 쏟아지는 환한 아침 햇살을 받으니 다 부질없는 걱정처럼 느껴졌다.

버스는 은색 빌딩숲을 지나 차츰 푸름 속으로 내달렸다.

창가 자리를 내게 양보한 선우는 통로 쪽에 고개를 둔 채 앞 유리창으로 밖을 보고 있었다. 무슨 깊은 생각에 빠진 듯 눈도 표정도 변화가 없었다.

심심해서 핸드폰을 꺼내서 게임을 시작했다.

"영규야, 배터리 아껴야지. 돌발 상황 생길지도 모르잖아. 텐트에서 잘 거라 충전도 쉽지 않을 거야."

'어휴, 이 걱정쟁이!'

목구멍 밖으로 튀어나오려던 말을 꿀꺽 삼켰다. 선우가 듣기 싫어하던 말 중 하나였다. 하지만 익숙한 그 모습에 이상하게도 마음이 편했다.

"오, 야외 취침? 완전 재밌겠는데. 어깨에 멨던 그 길쭉한 가방이 텐트냐?"

선우가 고개를 끄덕였다.

해변에서 파도 소리를 들으며 잠들 생각을 하니 슬쩍 흥분이 밀려왔다.

"네가 좋아해서 다행이다. 혹시나 못 가면 어쩌나 걱정 많이 했어.

다들 중3이라고 학원 다니느라 정신없잖아. 난 너도……"

"거기, 조용히 좀 하자. 남들 자는 거 안 보이냐? 요즘 것들은 도대체 배려라는 걸 모른다니까."

옆 칸에 앉은 아저씨가 우리를 향해 인상을 구겼다.

'요즘 것들'이란 말에 속이 확 뒤틀리면서 가슴속에서 불기둥이 치받고 올라왔다. 순간 선우가 나를 봤다. 얼굴이 붉었다. 선우도 '요즘 것들'이 가시처럼 걸렸구나 싶었다. 눈이 마주치자 우리는 입을 꾹 다물고 소리 없이 웃었다.

"우리도 잘까? 어젯밤 잠을 설쳤더니 나도 졸리다."

선우가 소곤대더니 금세 하품을 했다. 그러고 보니 선우 얼굴은 며칠간 잠을 못잔 것처럼 눈 밑이 푹 꺼진데다 푸르딩딩했다. 혼자 여행 일정 짜느라 신경을 많이 쓴 모양이었다.

금세 선우는 색색 숨소리를 내며 잠에 빠져들었다.

선우를 보고 있으니 2학년 때로 돌아간 듯한 느낌이었다.

선우랑은 2학년 때 처음 같은 반이 되었다. 하지만 선우는 조용한데다 나보다 키가 두어 뼘은 더 커서 딱히 어울릴 기회가 없었다. 그러다 방학을 앞둔 어느 날 체육시간이 끝나고 선우가 슬그머니 내 옆으로 다가와서 물었다.

"너희 엄마 카페 하신다며?"

"그런데, 왜?"

내 말투가 너무 딱딱하고 공격적이었던지 선우는 잠시 머뭇거리다 입을 열었다.

"나, 거기서 아르바이트 좀 하면 안 될까? 15세 미만은 취직인허증을 받아야 해서 전단지 돌리기 같은 거 말고는 할 만한 게 없더라고."

눈빛이 진지하고 간절해 보였다.

"아르바이트는 왜?"

묻고 나서 아차 싶었다. 그런 사적인 걸 물을 만큼 가까운 사이도 아니라 대답하기 곤란해 할지도 몰랐다.

"할머니랑 여행을 계획하고 있어. 내 힘으로 경비를 좀 마련하려고."

선우가 수줍게 웃었다. 그 웃음을 본 순간 나는 선우가 마음에 쏙 들었다. 그래서 엄마를 졸랐다.

"15세 미만을 아르바이트로 쓰려면 얼마나 귀찮은지 아니? 사서 고생인 거야."

고개를 흔들던 엄마도 결국 내 집요함과 선우의 갸륵한 알바 동기에 허락하고 말았다.

'아, 할머니랑 여행은 다녀왔을까?'

코까지 골며 자는 선우를 보다가 창밖으로 고개를 돌렸다. 진초록의 들판이 천천히 지나갔다. 어젯밤 잠을 설친 탓인지 나도 눈꺼풀이 무거워왔다.

"학생들, 양양이야! 내려야지."

기사 아저씨가 흔들어 깨우는 바람에 눈을 떴다.

버스 안에는 우리 둘만 남고 텅 비어 있었다. 선우도 눈을 비비며 몸을 바로 했다.

몽롱한 중에 비틀비틀 선우를 뒤따랐다. 선우는 수첩을 꺼내서 연신 들여다보며 걸었다. 다 준비했다더니 노선이랑 이미 다 짜 놓은 모양이었다.

걷다 보니 시외버스터미널 앞이었다. 다시 선우를 따라 버스에 올랐다. 한숨 푹 잤으면 싶은데 잠이 들 만하니 낙산사 도착이란다.

"오지게 덥네."

버스에서 내린 선우가 중얼거렸다.

"오지게? 크크, 그랜드마마보이의 애창 단어 출몰이네."

나는 달려드는 열기가 숨이 막히면서도 웃음이 나왔다. 선우도 따라 웃었다.

시계는 그새 10시를 향해가고 있었다.

"할머니! 관음성지 낙산사 도착입니다!"

선우가 붉은 칠을 한 굵은 나무 기둥 위에 기와지붕 뚜껑만 얹어 놓은 듯한 문을 올려다보며 말했다.

"야, 정신 차려! 아무리 그랜드마마보이라지만 아무데서나 할머니를 불러 대냐?"

내가 눈을 부라리자 선우는 히죽 웃었다.

"할머니 생각나서 그래. 우리 할머니와 여행 1순위로 꼽은 곳이 바로 여기였거든. 아주 오래전에 와보셨는데 그렇게 좋으셨대. 나랑 꼭 같이 가보자고 하셨거든."

"참, 너 할머니랑 여행할 경비 마련한다고 알바 했었잖아. 여행 다녀왔냐?"

선우의 눈이 잠깐 커졌다가 다시 작아졌다. 마치 까맣게 잊고 있었다가 생각난 것처럼.

그러다 어깨를 으쓱하며 고개를 저었다.

"희수 기념으로 갈려고 했지. 희수는 내년이야."

"희수가 뭐냐?"

"오래 살아서 기쁘단 뜻으로 77세를 희수라고 부른대."

"하, 그런 것도 있냐? 그럼 지금 미리 답사하는 거네. 역시 범생이라니까. 할머니가 다니시긴엔 좀 힘든 코스 아냐?"

"네가 힘들겠지. 우리 할머니 엄청 활동적인 분이시거든. 그런데 이 문 이름이 뭔지 알아?"

선우의 질문에 기둥 하나를 세워 지붕을 받힌, 그래서 문이라고 하기엔 어설퍼 보이는 건물을 올려다보며 고개를 저었다.

"일주문! 여기서부터 부처의 세계래. 그래서 이 일주문 앞에서 속세의 때를 걷고 흐트러진 마음을 바로 한 후 부처의 세계로 들어가야 한대."

"헐, 그런 걸 다 어떻게 알았냐? 너 불교 신자냐?"

"아니, 우리 할머니가 궁금한 걸 못 참는 성격이시거든. 나도 은근할머니 닮았나 봐. 여행 계획 세우면서 찾아보게 되더라고. 사실 할머니가 꼬치꼬치 물어보실까 봐 미리 공부 좀 했어."

"맞다! 몇 달 안 봤다고 잠시 네 본성을 잊었다."

내 말에 선우가 소리 내어 웃었다.

배가 꼬륵거릴 즈음 선우가 초코바를 내밀었다. 달달한 게 입안으로 들어가니 힘이 났다.

오르막 흙길을 제법 올라가니 드디어 매표소가 나왔다. 표를 끊고 안내지를 보며 부리부리한 사천왕상을 거쳐 관음보살을 모신 원통보전과 7층 석탑을 본 뒤 '꿈이 이루어지는 길'을 걸었다.

"이 길을 걸으면 정말 꿈이 이루어질까.... 영규야, 넌 꿈이 뭐야?"

"꿈은 무슨. 나 그딴 거 없어. 엄마 카페나 물려받아서 노닥거리며 사는 거지."

"카페를 너한테 물려주시면 엄마는 어떻게 사시고? 네가 벌어서 생활비 드릴 거야?"

선우의 말에 순간 머릿속이 멍해졌다. 거기까진 생각해 본 적이 없었다.

얼른 머리를 굴렸다. 지금 엄마 나이가 42, 내가 고등학교 졸업하고 군데 다녀와서 카페를 물려받는다 치면, 그때쯤 엄마 나이는 50 안팎일 터다. 인생은 60부터라는데 50이면 아직 한창때 같기도 했다. 게다가 76세의 선우 할머니도 여태 일하시니 어쩌면 엄마는 카페를 물려줄 생각이 전혀 없을지도 모른다.

"야, 너는 괜한 걸 물어서 내 머리를 복잡하게 하냐? 아, 몰라! 안 물려주실 거면 하나 차려라도 주시겠지. 저게 해수관음상이구나. 와, 진짜 어마어마하게 크네."

소리치고 나니 언젠가 여기서 똑같이 감탄하며 외쳤던 듯한 느낌이 들었다. 이런 느낌을 데자뷰라고 하는 걸까? 으스스하고 찜찜한 기분을 털어내며 안내판을 봤다. 불상의 높이가 16m이며 만드는 데 5년이나 걸렸다고 적혀 있었다.

"소원 안 빌래? 저 해수관음상은 누구에게나 꼭 한 가지 소원은 들어주신대."

"너 불교신자 아니라며?"

"이 불상 굉장히 유명해. 신자가 아니더라도 동해 쪽 여행객들은 꼭 들러서 참배한대. 정해진 여행 코스인 거지."

선우는 등에 멨던 배낭을 벗어 안아 들고 해수관음상 앞으로 향했다. 내가 배낭 주고 가라는 시늉을 하자 선우는 웃으며 고개를 저었다.

선우는 다른 사람들처럼 신발을 벗고 해수관음상 앞에 서서 두 손을 모은 채 흐트러짐 없는 자세로 절을 올렸다. 배낭은 바로 옆에다 꼿꼿이 세운 채였다.

'뭘 저리 간절히 빌까.'

엎드린 채 꼼짝 않는 선우를 보며 괜스레 내 마음까지 경건해졌다.

소원, 해수관음상에게 빌고픈 소원이 내게 있던가? 불쑥 아빠 얼굴이 떠올랐다.

아빠는 초등학교 보건교사였다. 가정적이고 자상한 아빠는 주말이나 방학 때면 가족끼리 여행가는 걸 좋아했다. 그런데 몇 년 전 보건교사들끼리 아프리카로 보건 봉사활동을 다녀온 뒤로 달라졌다. 아니 어쩌면 거기서 만난 올로쉬파라는 10살짜리 소년 때문인지도 모른다. 아빠는 올로쉬파와 찍은 사진을 보여 주며 그 아이를 후원하기로 했다고 했다. 엄마는 죽고 아버지는 집을 나가 할머니와 단둘이 사는 올로쉬파는 시커멓고 마른 얼굴에 눈만 유난히 큰 아이였다. 아빠는 그 아이를 후원하기 위해선지 봉사활동을 더 자주 가기 위해선지 외식뿐 아니라 가족여행 비를 점점 줄였다. 그러다 아예 떠나 버렸다. 내가 그렇게 매달렸는데도 끝내 먼 이국땅으로 날아가 버렸다. 아들보다 이국의 아이들이 더 안쓰러웠던 사람. 그에게 나와 엄마는 뭐였을까?

마침내 선우가 배낭을 메고 내 쪽으로 다가왔다. 눈이 마주치자 선우는 재빨리 고개를 돌렸다. 그런데 눈이 빨갰다.

'울었나?'

고개를 갸웃거리며 다가가자 선우는 걸음을 빨리해 해수관음상 앞으로 난 내리막길로 향했다.

"보여줄 게 있어. 여기까지 와서 이 풍경 안 보면 후회할 거야."

선우가 돌아보지 않고 말했다.

나는 핸드폰을 꺼내 동해를 향해 우뚝 선 해수관음상을 카메라에 담고 선우를 뒤따랐다.

"관세음보살을 모신 관음전이란 곳인데, 저기 좀 봐."

선우가 속삭이며 법당 안쪽을 가리켰다. 아줌마들 몇 분이 법당에 엎드려 기도 중이었다. 그런데 법당 안에 불상은 없고 불상 자리엔 네모난 창이 뚫려 있었다. 그리로 조금 전에 본 해수관음상의 얼굴이 보였다.

"정말 기발하지? 관음상을 저리 모실 생각을 어떻게 했을까? 할머니 말대로 진짜 멋지다."

선우는 소곤거리며 연신 감탄을 했다.

선우 말대로 참 기발하다는 생각이 들었다. 아마 혼자 여행 왔다면 이리 멋진 광경은 못 보고 스쳐갔을 것이다.

우리는 천천히 걸어서 의상대로 향했다.

의상대는 푸른 하늘을 배경으로 바닷가 절벽 위에 세 그루 소나무의 호위를 받으며 의연히 서 있었다. 공간이 텅 빈 듯 단순하면서도 거기에 뭔가 더 보태지면 어수선할 거 같았다. 뭐라 설명할 수는 없지만 비었으면서 가득 차 보이는 묘한 느낌의 의상대는 내게 더없이 완벽한 한 폭의 그림 같은 풍경으로 다가왔다. 그 풍경은 아릿한 아름다움이었다.

나는 핸드폰을 꺼내 텅 빈 듯, 꽉 찬 듯 그 오묘한 풍경의 의상대를 온 마음을 다해 카메라에 담았다. 그 사이 선우는 의상대에 서서 바다를 내려다보고 있었다. 나도 그 옆에 나란히 섰다.

시원한 바닷바람과 함께 탁 트인 동해 바다가 확 달려들었다. 왼쪽으로 저 멀리 바위 절벽 끝에 다소곳이 자리 잡은 홍련암이 눈에 들어 왔다.

"여긴 의상 대사가 낙산사를 지을 당시 머무르면서 참선하던 곳이래. 정말 아름답지? 그래서 정철 시인이 그리 멋진 시를 쓰셨나 봐. 아무도 없는데 내가 낭송해 줄까?"

뜬금없이 시 낭송을? 괜스레 내가 다 쑥스러울 거 같았지만 선우말대로 아무도 없는데 뭐 어떠랴. 나는 선우를 향해 고개를 끄덕였다.

배꽃은 벌써 지고 소쩍새가 슬피 울 때

낙산사 동쪽 언덕길을 따라 의상대에 올라 앉아

일출을 보려고 한밤중쯤 일어나니

상서로운 구름이 뭉게뭉게 피어나는 듯,

여섯 마리의 용이 해를 떠받치는 듯,

해가 바다에서 솟아오를 때에는 온 세상이 흔들리는 듯하더니,

하늘에 치솟아 뜨니 가는 터럭도 셀 수 있을 만큼 밝구나.

행여나 지나가는 구름이 근처에 머무를까 근심스럽다.

시선(시의 신선) 이태백은 어디가고 싯구만 남았는가?

천지간 굉장한 소식이 자세히도 표현되었구나.

풍경 탓일까? 분위기 탓일까? 아니면 선우의 감정 탓일까?

정철이란 분의 시가 그대로 가슴에 녹아들었다. 정확한 뜻을 몰라도 뭉게뭉게 피어나는 구름과 바다에서 솟아오른 해의 장엄함, 터럭

도 셀 수 있을 만큼의 눈부심이 그대로 그려졌다.

갑자기 의상대사와 정철이 서서 바라보았을 이 풍경이 가슴 벅차게 다가왔다.

"영규, 너 엄청 감동받았구나. 그럴 줄 알았어. 열심히 외운 보람 있네."

선우가 환하게 웃었다.

"진짜 감동적이었어. 네 낭송이랑 오늘의 이 광경, 오랫동안 가슴에 박히겠다."

하마터면 눈물이 날 뻔했단 말은 꿀꺽 삼켰다.

우리는 홍련암으로 걸음을 옮기면서도 연신 의상대를 돌아봤다.

아래서 올려다보니 절벽 높이가 어마어마했다.

"햐, 저 높은 곳에 앉아 참선을 하셨다니. 해골물 마시고 '모든 것은 마음먹기에 달렸느니!'라며 깨달음을 얻었다는 스님을 친구로 두실만 하네."

"원효스님 말이지. 그래서 유유상종이란 말이 나온 거겠지."

내 말에 선우가 맞장구를 쳤다.

웃고 떠들며 걷다 보니 홍련암이 코앞에 있었다.

선우가 갑자기 아주머니 두 분이 기도 중인 법당 안으로 들어갔다. 내가 놀란 얼굴로 섬돌에서 주춤거리자 선우가 들어오라는 손짓을 했다.

안으로 들어가니 법당 마루에 손바닥만 한 구멍이 뚫려있고 유리

덮개가 씌워져 있었다. 선우와 둘이 머리를 맞대고 엎드린 채 구멍을 들여다봤다. 아래는 바다였다. 커다란 바위 사이로 바닷물이 출렁이며 들이치는 모습이 훤히 보였다. 보고 있으니 아찔한 높이에 가슴이 찌릿 거렸다.

"영규야, 무섭지? 으, 아빠도 무서워. 그런데 우리 영규랑 손 꼭 잡으니까 하나도 안 무섭다!"

불쑥 아빠 목소리가 떠올랐다. 아빠랑 함께 이 구멍으로 저 아래를 본 기억도 났다. 꼭 잡았던 손의 감촉까지 오롯이 살아나는 듯했다.

"왜 그래?"

법당을 나오며 선우가 내 팔을 흔들었다.

"여기, 전에 왔었나 봐."

"너 가족 여행 많이 다녔다고 했잖아. 여기도 왔었겠지."

나는 홍련암을 돌아봤다. 법당 안에는 나이든 부부가 머리를 맞대고 엎드려 구멍을 들여다보고 있었다.

"그런데 저기다 구멍은 왜 뚫었을까?"

"의상스님이 여기서 파란 새가 석굴 속으로 들어가는 걸 보셨대. 그래서 쫓아갔는데 새가 나오질 않더래. 이상하게 생각한 스님은 굴 앞 바위 위에 앉아 지성으로 기도를 드렸대. 그렇게 7일을 보내자 깊은 바닷속에서 붉은 연꽃이 솟아오르고, 그 속에 관음보살이 계셨대. 그래서 그 자리에 암자를 짓고 붉은 연꽃이 피어난 곳이라고 홍련암이라 이름 지었대. 파란 새가 들어간 굴을 관음굴이라고 불렀는데 그 유리 구멍으로 보면 관음굴이 보인다던데 아까 보니 들이치는 파도 때문에 안 보이더라고."

설명을 할 때면 선우의 눈은 초롱초롱 빛이 났다. 설명하는 게 스스로 아주 즐거워 보였다.

문득 선우는 학교 선생님이나 교수가 잘 어울리겠단 생각이 들었다. 그러고 보니 선우랑 어울려 다닐 때도 그런 생각을 했던 기억이 났다. 아니 선우에게 그렇게 말했었다. 그때 선우는 '그래? 우리 할머니 꿈이 내가 선생님이나 교수님 되는 건데.'라며 웃었었다.

홍련암을 나와 오르막길을 되짚어 올라가자니 덥고 배고프고, 고행이 따로 없었다.

"아, 배고파 쓰러지겠다."

"가자, 맛있는 점심 먹게 해 줄게."

선우의 말에 불끈 힘을 짜내서 오르막을 오르기 시작했다.

합류

앞서가던 선우가 갑자기 올 때와 다른 쪽 방향으로 향했다.

"야. 그쪽 아냐. 우리 저쪽으로 왔어."

"길눈 좋네. 다 이유가 있으니까 따라만 와."

선우가 자신 있게 말했다.

"다 왔다. 바로 저기야!"

선우가 손가락으로 가리킨 곳에는 '무료 국수 공양실'이라고 적힌 노란 표지판이 있었다.

무료 국수? 순간 저게 선우가 생각하는 점심이구나 싶으면서 기운이 빠졌다.

선우를 따라 들어가자 공양실에는 제법 많은 사람들이 국수를 먹고 있었다.

냉면그릇처럼 넓은 그릇에 한 움큼의 국수를 담아 국물을 붓고 잘게 쏜 김치를 고명으로 얹어주었다. 배가 고픈 터라 우리는 빈자리에 앉아 후룩후룩 먹었다.

"양이 안 차. 더 먹으면 안 되나?"

나는 국물만 흥건한 그릇이랑 선우를 번갈아봤다. 선우가 식탁 한쪽을 손짓했다. 거기 작은 안내판에 글귀가 가지런히 적혀 있었다.

이 음식이 어디서 왔는가
내 덕행으로 받기 부끄럽네
마음의 온갖 욕심 버리고
몸을 보호하는 약으로 알아
깨달음을 이루고자 이 공양을 받습니다

"욕심을 버리라잖아. 국물이나 말끔히 마셔."

선우의 말에 나는 입을 씰룩거리며 남은 국물을 마저 마셨다.

"가자, 그릇은 각자 씻는 거야."

선우가 앞장서며 말했다. 우리는 다른 사람들처럼 자신이 먹은 그릇을 깨끗이 씻어 건조대에 얹었다. 내가 먹은 그릇을 내가 치우기는 처음이라 이상하게 뿌듯한 기분이 느껴졌다.

공양실을 나와 맞은편 기념품관으로 향했다. 열쇠고리에서부터 엽서, 동자승 인형, 팔찌…. 별의별 게 다 있었다. 딱히 사고 싶은 건 없었지만 에어컨 바람이 너무 시원해서 나오기가 싫었다.

"엄마한테 중간보고 드렸어?"

기념품관을 나오며 선우가 물었다. 그제야 잊고 있던 엄마와의 약속이 떠올랐다.

핸드폰을 찾던 나는 눈앞이 아득해왔다. 바지 주머니에도 가슴에 두른 작은 가방 속에도 없었다. 등에 멘 배낭을 내려 구석구석 다 뒤졌지만 어디에도 보이지 않았다.

"헐, 일났네. 핸드폰이 없어. 잃어버렸나 봐."

눈이 휘둥그레진 선우가 내 배낭을 찬찬히 다시 뒤져봤다.

핸드폰 없이 4일을 버틸 생각을 하니 멀미가 날 거 같았다. 연락 안 된다고 화내다 마음 졸이다 할 엄마도 아른거렸다.

핸드폰을 마지막으로 본 게 어디였더라, 기억을 더듬고 있을 때였다.

"헤이, 이거 찾냐?"

내 또래 남자아이가 걸어오며 손을 흔들었다. 그 손에 내 거랑 똑같은 은색 케이스의 핸드폰이 들려 있었다. 케이스 뒷면에 붙은 행성 스티커를 본 순간 마음이 탁 놓였다.

"맞구나? 국수 공양실에서 주웠어."

아이의 반말에 기분이 안 좋았지만 그걸 따질 때가 아니었다. 핸드폰을 되찾았다는 것만으로 너무 고마웠다. 아이도 여행 중인지 두툼한 배낭을 메고 있었다.

"휴우, 살았다. 잃어버리면 엄마한테 폭풍 잔소리 들었을 텐데. 정말 고마워...요."

어찌 말해야 할지 몰라 어영부영 높였다.

그 아이가 웃었다. 낯이 익었다.

'어디서 봤지?'

기억을 더듬었지만 얼른 떠오르지가 않았다. 우리 카페에 왔던 앨까? 그럴 리는 없었다. 서울 변두리 카페 손님으로 온 아이를 강릉 바닥에서 마주칠 확률이 대체 몇 프로나 될까.

"말 놔도 돼. 아까 버스에서 너희들 얘기하는 거, 들었어. 아, 일부러 들은 건 아니고 뒷자리에 앉았거든. 나도 중3이야."

"아, 넉살 좋던 그 아이구나! 낯이 익다 했어."

나는 뒤늦게 버스에 올라타며 기사님을 향해 큰소리고 인사하던 모습을 떠올렸다. 야구 모자를 벗으니 분위기가 달라 보였다.

핸드폰을 건네준 아이는 지나치다 싶을 만큼 환하게 웃으며 그대로 서 있었다.

왜 안 가지? 사례를 바라는 건가. 재빨리 눈으로 그 아이의 차림새를 훑었다. 티셔츠나 바지, 신발뿐 아니라 그 아이가 한쪽 어깨에 비스듬히 걸친 배낭까지 모두 비싼 명품이었다. 사례비를 바랄만큼 돈이 궁해 뵈진 않았다.

"어디 여행 중이야?"

선우가 반가운 빛을 띠고서 기운차게 물었다.

재는 또 왜 저래? 낯선 모습에 어리둥절해져서 선우를 봤다.

"응, 난 혼잔데…… 같이 다니면 안 될까?"

그 아이가 기대에 찬 눈빛으로 물었다.

이게 무슨 소리야? 나는 달갑지 않았다. 어떤 아인지도 모르는데 처음 본 아이와 같이 다니는 건 불편했다. 그렇다고 핸드폰을 찾아준 아이에게 매몰차게 하기도 그랬다. 내 대신 '미안하지만 안 돼.'라고 말해주길 바라며 선우를 봤다. 분명 선우도 낯선 아이와 여행하는 건 불편해할 터였다. 그런데 선우의 밝게 반짝이는 눈에는 나랑 전혀 다른 생각이 담겨 있었다. 선우의 마음을 읽었는지 그 아이의 기대에 찬 눈이 나를 향했다.

'계속 불편한 거보단 잠시 불편한 게 나아.'

나는 결단을 내리고 선우를 좀 떨어진 곳으로 이끌었다.

"설마 쟤랑 같이 다닐 생각은 아니지?"

"왜? 둘보단 나을 거 같은데."

"미쳤냐? 안 돼! 내가 카페 죽돌이로 지내며 관찰한 노하우가 있잖아. 저 녀석은 아냐. 눈빛이 뭔가 찜찜해. 그냥 우리끼리 가자."

선우에게 확신을 주기 위해 녀석에 대한 생각을 좀 과장해서 말했다. 그런데 선우는 내 말에 아까보다 더 눈을 빛냈다.

"힘든 일이 있나 부지. 난 상관없는데……."

아침에 터미널에서 선우를 처음 봤을 때의 당혹감이 다시 밀려왔다. 이런 선우, 낯설었다. 내가 아는 선우는 조심스럽고 신중한 아이였다. 도대체 무슨 생각인 걸까. 찜찜한 애라도 상관없다는 건가? 우리 안전이 달렸는데. 당혹감은 불쾌감으로 바뀌었다.

"야, 뭘 그리 속닥거려? 나라고 낯선 너희들이 안 두렵겠냐? 그렇지만 너희는 둘이잖아. 나보다야 덜 두렵겠지."

등 뒤에서 그 아이가 소리쳤다.

"그래? 그런데 왜 굳이 우리랑 같이 가고 싶어 할까? 이해가 안 되네."

내가 비아냥거리듯 물었다.

"나 혼자는 더 무서우니까. 너희도 나처럼 어리바리한 여행 초보 같아서 힘이 된 달까?"

그 아이가 말하고 웃었다. 웃음만큼은 백만 불짜리란 생각이 들 만큼 밝고 환한 웃음이었다. 순간적으로 내가 그를 찜찜하게 느낀 게 부끄러울 지경이었다.

"어디로 가는데?"

"딱히 정해 둔 곳은 없어. 그냥 발길 닿는 대로?"

"영규야, 같이 가자. 둘보단 셋이 낫잖아."

선우가 내 어깨를 톡톡 치며 밝게 웃었다.

'뭐야, 언제는 둘이 추억여행 가자더니!'

기분이 확 나빴다. 단둘이 가고 싶은 게 아니라 혼자 가기 무서워서 나를 끼워 넣었구나 싶었다. 그러자 될 대로 되라는 생각이 솟구쳤다.

"영규야, 그거 알아?"

나는 뚱한 표정으로 선우를 봤다.

"우리가 하고 있는 걱정의 80퍼센트는 일어나지 않을 일이래. 나머지 20퍼센트 중에서도 우리 힘으로 어쩔 수 없는 일들이 대부분이고. 예를 들면, 내일 여행 가는데 비가 오면 어쩌지? 장래에 직업을 못 구하면 어쩌지? 뭐 이런 것들. 우리 힘으로 해결할 수 있는 고민은 2퍼센트도 안 된대. 웃기지?"

"누가 그래?"

"어디서 읽었어. 에세이 집인가, 잡진가."

"그래서 결론이 뭐냐?"

"걱정하지 말라는 거지. 인간에게 가장 오래된 두 가지 불치병이 있는데 하나가 어제 병이고, 다른 하나가 내일 병이래. 이 둘의 공통점이 뭔지 알아?"

나는 잠시 생각에 빠졌다. 그 아이도 생각하느라 눈을 허공에 대고 이리저리 굴렸다.

"둘 다 내 맘대로 할 수 없다는 거지."

"호, 그러니까 걱정 따위 하지 말라는 말이지? 딱 좋아! 바로 내가 원하는 삶이지."

그 아이가 낄낄대며 선우를 향해 엄지를 치켰다.

"대부분의 고민은 시간이 지나면 저절로 해결되거나 아예 고민하지 않아도 될 것들이란 거야. 지금 우리가 하는 고민도 바로 그 80%에 해당하지 않을까?"

선우는 말하면서 나를 봤다.

"쳇, 결론은 그거였네. 참 길게도 말한다. 맘대로 해. 어차피 네가
계획한 여행이잖아. 너희들 말대로 둘보단 셋이 나을지도 모르지."

"그럼 콜?"

그 아이가 선우를 봤다.

"영규가 괜찮다면 나도 콜!"

선우랑 그 아이가 활짝 웃으며 나를 봤다. 눈빛이 '너도 어서 콜 해
야지'라고 말하고 있었다.

"그래, 젠장 나도 콜이다!"

확 내질렀다. 그러자 기분이 좀 나아졌다.

"우와, 동지들 고맙다! 나는 민재야. 김민재."

민재가 갑자기 선우를 확 껴안았다. 다시 나를 덥석 껴안았다. 얼떨
떨했지만 싫지는 않았다.

"식사비와 교통비는 각자 부담이야."

선우가 확인받듯 민재를 봤다.

"당연하지."

"걷는 건 자신 있어? 우린 거의 도보여행인데."

"도보..... 여행? 음.... 뭐, 걷고 달리는 거야 내 전문이지."

당황한 듯하던 민재가 금세 환하게 웃었다.

"가자!"

선우가 장군처럼 외치며 앞장섰다.

내가 알던 그 선우가 맞나?

문득 어디선가 읽은 글귀가 떠올랐다. 여행을 해봐야 그 사람의 진짜 모습을 알 수 있다고 했던가. 그렇다면 지금의 무모할 정도로 용감하고 사교적인 선우가 그의 진짜 모습일까? 나는 다시금 혼란스러웠다.

"뭐해, 어서 와!"

민재가 오랜 친구인 양 뒤처진 나를 향해 소리쳤다.

나는 걸음을 빨리했다.

세상에서 제일 무서운 것

낙산사를 나와 버스정류장으로 향했다.

선우는 수첩을 들여다보다 주변을 살피기를 반복하며 걸었다. 나랑 민재는 그 뒤를 쫄래쫄래 따라갔다. 9번 버스에 올라 한 40여 분을 달린 뒤 버스에서 내려 걷자니 갯배 선착장 앞이었다.

표를 끊고 갯배에 올랐다. 줄을 잡아당겨 이동하는 뗏목 같은 배였다.

거인의 걸음으로 한 발 훌쩍 건너뛰면 닿을 거 같은 거리였다.

"지금은 다리가 놓였지만 예전에는 이 갯배가 마을과 속초 시내를 연결하는 유일한 길이었어요. 승선한 사람들이 이렇게 쇠줄을 당겨서 움직였기 때문에 멍텅구리배라고도 불렀죠. 자, 직접 줄을 당겨서 배를 움직여 보실 분!"

줄잡이 아저씨가 외치자 민재가 손을 번쩍 들고 앞으로 나갔다.

민재는 아저씨와 함께 내내 벙실거리며 힘껏 줄을 잡아당겼다. 마침내 배가 건너편에 도착하자 사람들이 민재를 향해 박수를 보냈다. 선우도 힘껏 박수를 쳤지만 나는 치는 둥 마는 둥 했다. 관심증 환자처럼 사람들에게 관심 받고 싶어 하는 녀석의 모습이 그리 좋아 보이지 않았다.

갯배에서 내리니 거리는 '아바이순대'라는 간판들이 즐비했다. 간판마다 유명 프로그램에 나왔다고 선전하고 있었다.

"할머니, 아바이마을....."

선우는 말하다 말고 나를 돌아봤다.

"어휴, 누가 그랜드마마보이 아니랄까 봐. 괜찮아, 네 맘대로 해."

내 말에 선우는 이내 씩 웃었다.

"자, 두 번째 여행지 아바이마을입니다."

"아바이? 아버지란 뜻인가? 그럼 어마이마을도 있나?"

선우의 말에 민재가 낄낄거리며 껴들었다.

"어마이마을이 있는지는 모르겠지만 아바이는 함경도 말로 '아버지'란 뜻이래. 한국전쟁 때 함경도 일대에 살던 사람들이 후퇴하는 국군을 따라 피난을 왔는데 전쟁이 끝나면 고향으로 돌아가리란 기대를 품고 여기에 임시 움막을 짓고 살기 시작했대. 그런데 결국 돌아가지 못하고 눌러살게 되면서 여기가 '아바이마을'로 불리게 되었대."

"야, 너 설명 되게 잘한다. 해설사 한 분 모시고 다니는 기분인걸.

그런데 해설사님, 아바이 순대 맛은 안 보여주십니까?"

민재의 칭찬에 선우는 얼굴이 살짝 붉어졌다.

"우리 할머니가 그러셨어. 관광지에 가면 그 지역 특산품은 꼭 먹어봐야 한다고. 그게 제대로 된 여행이라고."

그 말이 선우의 수많은 말 중에 최고로 반가웠다. 안 그래도 국수만 먹어서 배가 고프던 차였다.

"검색해 봤었는데 여긴 맛도 가격도 평준화되어 있대. 그래서 아무 데서나 먹어도 똑같다더라고."

선우의 말에 우리는 손님이 별로 없는 집을 택해 들어갔다.

아바이순대랑 오징어순대를 시킨 선우는 다시 수첩을 꺼냈다.

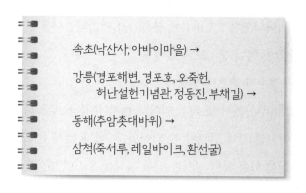

속초(낙산사, 아바이마을) →

강릉(경포해변, 경포호, 오죽헌,
        허난설헌기념관, 정동진, 부채길) →

동해(추암촛대바위) →

삼척(죽서루, 레일바이크, 환선굴)

들여다보던 나는 입이 딱 벌어졌다.

"헐, 뭐 이리 빡빡해! 이거 죽음의 레이스냐?"

"추억 여행인데 이 정도는 봐야지. 걱정 마, 죽음 정도는 아니니까.

내가 이동경로랑 소요시간 다 계산해 봤어. 충분히 가능해."

"설마 여길 다 걸어서 가는 건 아니겠지? 이 더위에 그건 미친 짓이야."

민재의 눈은 금방이라도 튀어나올 듯했다. 나는 고소해서 웃음이 터지려는 걸 꾹 참았다.

"어떻게 걸어서 4일 만에 여길 다 돌겠어. 먼 거리 이동은 당연히 버스로 하지."

"어쨌든 고생길이 훤하네. 햐, 무슨 순대가 이렇게 커?"

찌뿌듯하던 민재 얼굴이 주문한 음식이 나오자 금세 환해졌다.

"아바이잖아. 아버지의 품처럼 넓고 크고 푸짐한 순대……."

"쳇, 아버지라고 다 품이 넓고 큰 줄 아냐?"

나도 모르게 툭 튀어나왔다. 그 바람에 분위기가 머쓱해졌다.

"야, 먹어 봐. 맛있어. 여기 선지도 들었나 봐."

민재가 순대를 우적우적 씹으며 말했다.

아바이순대는 크고 푸짐해서 몇 개만 먹어도 배가 부를 거 같았다. 하지만 선지가 들어갔단 말에 입맛이 싹 달아났다. 내가 얇게 썬 오징어순대 두 개를 집어 먹는 사이 민재는 양쪽 접시를 오가며 입이 터지도록 밀어 넣었다.

배가 부르자 주변을 걸어 다니며 사진도 몇 컷 찍었다.

"너무 먹었나? 나 화장실 좀 다녀올게."

선우가 배를 연신 훑어 내리며 화장실로 향했다.

"야, 배낭은 뭐 하러 메고 가? 이리 줘."

"괜찮아. 그럼 이것만 좀."

선우는 배낭은 그대로 멘 채 텐트 가방만 내게 내밀었다.

"야, 거기 보물 들었냐?"

민재가 장난스레 소리쳤다.

"그럼, 보물이지. 이거 잃어버리면 노숙자처럼 이 옷만 입고 다녀야잖아."

선우가 돌아보지도 않고 걸어가며 말했다.

"그렇지, 노숙자처럼!"

나는 선우 말을 중얼거리며 민재의 위아래를 눈으로 슥 훑었다. 민재가 덩달아 자기 옷을 훑어보더니 어깨를 으쓱했다.

한참 만에 돌아온 선우는 편안한 얼굴이었다.

"잠은 텐트에서 잔댔잖아. 주변에 제대로 된 화장실은 있겠지? 난 시골처럼 으슥한 골목에 외따로 떨어진 재래식 화장실 같은 건 질색이야. 젤로 무섭다고!"

"참 어리다. 그까짓 게 뭐가 무섭다고. 세상에서 가장 무서운 게 뭔지 아냐?"

"뭐, 내가 어리다고? 그럼 안 어린 넌 뭐가 제일 무서운데?"

나는 민재를 향해 목청을 높였다.

"그건 외로움이야. 내 편이 없다는 거. 혼자 살아야 한다는 거."

뜻밖의 말에 나는 잘못 들었나 싶었다. 지금 민재 입에서 나온 말은 세상에 의지할 가족 없이 홀로 늙어가는 노인의 입에서나 나올 법한 말이었다. 명품 옷에, 명품 신발을 신고, 명품 배낭까지 걸친, 누가 봐도 금수저인 녀석이 할 말은 아니었다.

"너, 지금 나 놀리냐? 네가 혼자 산다고? 그런 명품을 줄줄이 걸치고?"

내가 내쏘자 민재가 갑자기 깔깔대며 웃었다.

선우는 말없이 나랑 민재가 주고받는 말을 듣기만 했다.

한동안 깔깔대던 민재가 마침내 웃음을 그치고 나와 선우를 번갈아 봤다.

"너희들 보육원 가봤냐?"

"보육원? 고아들이 사는데 말이냐?"

내가 물었다.

"거기 고아들만 오는 거 아냐. 부모가 돌아가시고 돌봐줄 친척이 없어서 오게 되는 경우도 있지만 이혼하면서 맡겨지는 경우도 많아. 부모의 폭력에 못 이겨 스스로 가출해서 찾아온 아이들도 있고. 뭐 따지고 보면 결국은 버려진 아이들이긴 하지."

"네가 그런 걸 어떻게 그렇게 잘 알아?"

"우리 엄마가 거기 아이를 후원하시거든. 그래서 몇 번 가봤어. 그나마도 거기 애들 만 18세가 되면 그곳도 떠나야 해. 그런데 돈 몇 백만 원 주고는 알아서 살라고 한대. 고등학교만 나와서 무슨 일자리가 있겠냐? 걔들이야말로 얼마나 무섭겠어."

민재는 마치 그 일이 자기 일인 양 얼굴까지 찡그렸다. 옆에서 보고 느끼며 깊이 공감하지 않고는 나올 수 없는 표정이었다. 문득 민재나 그 아이들에 비하면 내 의식 수준은 정말 유치하기 짝이 없다는 생각이 들었다.

"넌, 뭐가 제일 무서워?"

민재가 선우를 봤다. 선우는 딴생각에 빠져 있었던지 무슨 말인지 못 알아들은 듯 눈을 슴벅거렸다.

"넌 뭐가 제일 무섭냐고?"

민재가 다시 묻자 선우는 고개를 끄덕이며 생각에 잠겼다.

"작년까지만 해도 내가 가장 부러워했던 게 뭔지 알아?"

선우의 엉뚱한 물음에 나는 고개를 갸웃했다. 그러다 선우가 민재의 질문을 제대로 안 들었구나 생각했다. 하지만 정작 질문을 했던 민재는 아주 진지한 얼굴로 선우의 말을 받고 있었다.

"뭐였을까? 너를 아직 잘 몰라서 그런지 전혀 예상이 안 돼. 그 답은 네가 해야겠다."

민재는 말하면서 나를 봤다.

선우가 가장 부러워할 만한 게 뭐가 있을까?

"엄마, 아빠랑 사는 애들?"

불쑥 내뱉고 아차 싶었다. 할머니랑만 사는 선우에게 그건 아물지 않은 상처일지도 몰랐다. 다행히 선우는 웃으며 고개를 저었다.

"아침에 눈을 뜨면 밝은 해가 창문으로 우수수 쏟아져 들어오는 집에 사는 거."

선우의 말이 너무 엉뚱해서 나도 모르게 웃음이 터졌다. 민재도 뜻밖이라는 듯 눈을 슴벅거리며 고개를 갸웃거렸다.

"코티졸이라고 들어봤어?"

"그거, 무슨 약이냐?"

내가 물었다.

"스트레스에 대항해서 견딜 수 있게 해주는 호르몬이래. 충분히 빛의 자극을 받아야 그날 쓸 수 있는 만큼의 호르몬이 생성되는데 아쉽게도 생성되는 시간이 정해져 있대. 기상시간이 일정하면 30분 전부터 서서히 코티졸을 생성하기 시작해서 기상 30분 후 최고치가 생성된대. 그러니까 눈 뜨자마자 온몸을 햇빛에 충분히 노출시키는 게 중요해. 그런데 우리 집은 지하거든. 아침에도 낮에도 빛이 안 들어오는 지하."

선우의 생각은 깜깜한 지하의 방 속에 머물러 있는 듯했다. 깜빡이는 눈에 여러 가지 생각이 얽혀있었다.

"허, 너 지하에 살았냐?"

갑자기 민재 목소리가 분수 줄기처럼 치솟았다.

그 바람에 나도 선우도 민재를 봤다. 민재는 뜻밖이라는 얼굴로 선우를 보고 있었다. 뭔가 실망한 듯한 눈빛 같기도 했다. 우리의 눈길을 느낀 민재가 얼른 얼굴 표정을 바꾸었다.

"너 보기보단 스트레스 많이 받는 성격인가 보다."

민재가 말하며 웃었다.

"나 때문이 아냐. 우리 할머니 때문이지. 할머니는 남의 집 파출부를 다니셨어. 온종일 집주인의 비위를 맞추며 남의 집 일을 하자니 얼마나 힘드시겠어. 스트레스도 많고. 할머니가 그 스트레스를 견디려면 코티졸이 많이 생성돼야지. 책에서 그 글을 읽고 내가 어떻게 한 줄 아니?"

선우가 고개를 들고 나와 민재를 번갈아 봤다. 민재가 어깨를 으쓱했다. 나는 고개를 저었다.

"눈 뜨자마자 할머니를 모시고 지하 계단을 올라가 햇빛이 잘 드는 남의 집 앞에 나란히 앉아 있었어. 팔짱을 끼고 나란히 앉아 있는 우리를 보고 이웃 사람들은 되게 부러워했어. 아침마다 손자랑 다정하게 앉아서 얘기 나눈다고. 그런데 사실 난 그때 너무 창피했어. 진실을 알게 되면 사람들이 얼마나 불쌍히 여길까, 비웃을까…… 참 바보 같지? 햇빛은 주인이 없는 거잖아. 햇볕 쬐러 밖으로 좀 나오면 어때, 그게 뭐가 그리 창피하다고. 얼마든지 즐겁고 당당할 수 있었는데……."

나도 민재도 웃음 가신 얼굴로 선우를 봤다. 선우의 눈은 저 멀리 어딘가를 향해 있었다. 마치 할머니와 팔짱을 끼고 앉아 햇볕을 쬐던 그 순간에 머물러 있는 듯했다.

"생각해보면 그때가 정말 행복한 시간이었어. 그런데 그때는 그게 그렇게 슬프고 창피하더라고. 왜 우리는 빛도 안 들어오는 지하에 살아서 공짜로 누릴 수 있는 햇빛마저도 못 누리고 사나 싶어서. 내가 늘 우울한 이유가 코티졸이 잘 생성되지 않아서 그런가 싶기도 했어. 코티졸 때문에 매일 아침이 슬펐지."

"야, 그래서 아는 게 병이란 말이 나온 거야. 그걸 몰랐으면 나처럼 아무 생각 없었을 거 아냐. 쓸데없이 그놈의 코티졸을 아는 바람에 네가 그토록 슬펐던 거지!"

민재가 어른이 아이를 나무라듯 선우 등짝을 툭 치며 말했다. 그 바람에 선우가 웃었다. 나도 참지 못하고 웃었다.

"햐, 민재 말이 정답이네! 아는 게 병이라니까."

"그렇네, 내가 죄인이네."

선우가 연극을 하듯 가슴을 쳤다. 그 바람에 셋은 깔깔대며 웃었다. 무겁고 어둡게 가라앉던 주변 공기가 갑자기 가볍고 환해졌다.

"그런데 그 얘길 왜 한 거야? 제일 무서운 걸 얘기하는 중이었잖아."

웃음이 잦아들자 민재가 물었다.

"슬픔이 어느 순간 행복이 될 수 있는 것처럼 무서운 것도 상황에 따라 달라지는 게 아닐까 하는 생각이 들었어. 민재 말처럼 나도 지금 가장 무서운 건 외로움이라고 생각해. 세상에 혼자가 된다는 거……. 불안한 앞날도 무섭긴 하지만……."

선우가 말끝을 흐렸다.

할머니와 사는 선우 입장에선 정말 그럴 거 같았다. 어릴 때는 할머니가 이 세상 전부지만 지금처럼 선우가 성장하게 되면 할머니랑 말도 잘 안 통하고 상담 역할도 해줄 수 없을 테니 외롭다는 생각이 들

거 같았다. 아니, 말이 통하고 안 통하고 상관없이 외로운 건 외로운 거다. 아빠가 가족여행 대신 보건봉사를 떠나는 것에 대해 아무리 설명해도 도무지 이해되지 않는 것처럼 말이다.

"그랜드마마보이, 세상에서 제일 무서운 게 외로움인 사람이 이 세상에 너뿐 만은 아니니까 안심하라고."

민재가 선우 등을 다시 툭툭 쳤다.

"야, 네 얘기 좀 해 봐. 넌 왜 혼자 여행하는 거냐?"

궁금증을 이기지 못해 내가 물었다.

"뭘 그런 걸 물어. 오늘 강릉까지 간다며 슬슬 출발해야 하는 거 아냐?"

민재가 부채를 꺼내 퍽퍽 요란스레 부채질을 하며 일어섰다.

"그래, 슬슬 이동하자. 강릉으로 가자면 두 시간은 잡아야 해."

선우가 수첩을 들여다보며 앞장섰다.

아바이마을을 나와서는 완전히 고행이었다.

시내버스에서 시외버스로 다시 시내버스로 갈아타고 또 타고, 걷고 또 걸으며 근 세 시간이나 걸려 드디어 경포해변에 도착했다.

"헐, 이게 무슨 여행이냐? 개고생이지. 한 10년은 늙은 기분이다."

나는 건조대에 늘린 오징어처럼 축 처져서 그대로 어딘가로 꼬꾸라지고 싶었다.

"진짜 힘들다. 짧은 구간은 택시 타면 안 돼?"

민재도 얼굴이 노래져서 투덜거렸다.

"너희들 택시비 있어?"

선우가 나랑 민재를 보며 물었다. 순간 우리는 둘 다 입을 다물고 말았다.

"우와, 저기 좀 봐."

민재가 갑자기 소리쳤다.

민재 손가락을 따라가니 '경포해수욕장'이라는 안내판이 보였다.

우리는 소리소리 지르며 해변을 향해 내달렸다.

둘째 날

05

잃어버린 배낭

몸이 으슬으슬 떨려서 눈을 떴다.

온몸이 얻어맞은 것처럼 찌뿌둥했다. 괴롭다는 표현이 이런 걸까.

셋이 나란히 누웠던 자리에 민재만 대자로 누워 있었다. 나는 귀퉁이로 밀려나 있고 선우는 보이지 않았다.

"내일 아침 해돋이 볼 사람? 동해에 왔으면 모름지기 해돋이 정도는 봐줘야지."

어젯밤 잠들기 전에 선우가 했던 말을 떠올리며 어기적어기적 텐트 밖으로 나갔다.

결리고 무거운 다리를 찔룩거리며 야영장을 벗어나 바닷가로 향했다. 아직 해가 뜨지 않았는지 온통 희뿌옜다. 출렁이는 바다를 향해 무덕무덕 모여 앉은 사람들의 뒷모습이 그림자처럼 눈에 들어왔다.

"와, 올라온다!"

누군가의 외침이 신호인양 여기저기서 '와'하는 탄성이 울려 퍼졌다.

그 바람에 나도 출렁이는 바다 너머로 고개를 들었다. 입이 딱 벌어졌다.

온통 붉은 기운을 토해내며 해가 올라오고 있었다. 가슴속에서 뭔가가 고물거리며 올라오는 느낌이었다.

"영규야, 아빠는 저 붉은 해처럼 늘 뜨거운 마음으로 살고 싶구나."

불쑥 아빠의 말이 떠올랐다.

아빠가 떠나기 전 마지막으로 갔던 가족여행에서도 저렇게 붉은 해를 봤다. 그때 아빠는 나랑 나란히 앉아 해돋이를 보며 말했다. 멀리 이국땅으로 갈 수밖에 없는 자신을 좀 이해해 달라고. 나와 엄마가 소중하지 않아서가 아니라고. 모든 건 때가 있는 거라고.

'거짓말! 소중하면 지켜야지. 옆에서 지켜줘야지!'

잊고 있던 분노가 부글거리며 끓어올랐다. 불끈 쥔 주먹으로 모래밭을 내리쳤다. 주먹이 보드라운 모래흙 속에 꽂혔다.

콧등이 아리면서 눈앞이 흐려왔다.

"어, 영규 아냐?"

선우 목소리였다. 나는 고개를 돌려 재빨리 눈물을 닦았다.

"치사하게 너 혼자 해돋이 보러 왔냐?

"어젯밤에 네가 대꾸도 않기에 싫은가 보다 했지. 아직 못 일어났을 줄 알았는데. 생각보다 부지런한걸."

해를 등지고 선채 선우가 말했다.

한쪽 어깨에 배낭이 비스듬히 매달려 있었다.

"야, 배낭은 뭐 하러 매고 나왔어? 민재 말대로 거기 보물이라도 든 거냐?"

"그냥 뭐.... 습관 같은 거야. 어려서부터 혼자 챙기다 보니... 안 그래도 깨울까 했는데 네가 끙끙 앓기에 더 자라고 뒀어. 배 안 고파?"

선우가 내 어깨에 팔을 두르며 물었다. 선우가 또래가 아니고 몇 살은 더 먹은 형처럼 듬직하게 느껴졌다.

"고파. 뭐 먹을 건데?"

나는 어리광 부리는 동생처럼 선우 팔에 얼굴을 비벼댔다.

"이렇게 멋진 일출 후엔 얼큰한 컵라면에 햇반이지."

"또?"

어젯밤 야영지에 텐트를 치고 저녁이라고 먹은 게 편의점표 컵라면이랑 햇반이었다. 그래도 배가 고픈 데다 야외라 그런대로 맛있게 먹긴 했지만 아침부터 또 라면이라니 그다지 반갑지 않았다.

"도보여행이 그렇지 뭐. 대신 점심은 맛있는 강릉 대표 음식 먹자."

선우가 말하면서 텐트 옆에다 배낭을 내려놨다.

"강릉 대표 음식? 그게 뭔데?"

드렁거리고 자던 민재가 벌떡 일어나 앉으며 물었다. 조금 전 뭐 먹을 거냐며 선우에게 어리광 부리던 내 모습이 떠올라 나도 모르게 웃음이 나왔다.

맛있을 강릉 대표 음식에 위안을 삼으며 우리는 짐을 챙겨 근처 편의점으로 향했다.

민재의 아이디어로 컵라면을 전자렌즈에 살짝 돌렸다. 국물도 진하고 면이 적당히 퍼져서 훨씬 맛있었다. 햇반 밥을 말아서 깨끗이 먹어치웠다.

"대장님, 오늘 우리 일정은 어떻게 되나요?"

급속 충전한 핸드폰들을 챙겨오며 민재가 선우를 향해 공손하게 물었다. 그 바람에 나도 선우도 웃음이 빵 터졌다.

"요 뒤가 그 유명한 경포호수야. 경포대랑 오죽헌 갔다가 허균·허난설헌 기념관 들러서 정동진으로 갈 거야."

"호, 그렇게나 많이?"

"설마 어제처럼 무지막지 걷는 건 아니겠지? 나, 발 부러질 거 같단 말이야!"

나는 한쪽 발을 잡고 절룩거리는 시늉을 했다. 좀 부풀리긴 했지만 정말 발목이랑 발바닥이 아팠다.

선우는 힐끗 보더니 말없이 충전기를 집어넣으며 배낭을 정리했다. 그건 생각을 바꿀 의향이 전혀 없다는 뜻이다.

"우리 계속 텐트에서만 자는 거야? 모텔 같은 데선 하루도 안 자?"

민재가 은근한 목소리로 물었다.

"모텔비가 얼마나 비싼데. 네가 내면 자고."

"아! 그렇군. 돈이.... 없군! 뭐 텐트도 좋아용. 그만 갑시다. 렛스 고우!"

선우의 말에 민재는 두 팔을 씩씩하게 흔들며 소리쳤다. 금방 생각을 접는 걸 보면 민재는 고집을 피우는 아인 아닌 모양이다.

선우는 예의 그 수첩을 꺼내 들고 앞장서고 나랑 민재는 쫄래쫄래 뒤따랐다. 채 5분도 걷지 않아 정류장에 도착했다. 버스가 금세 왔고, 경포호수를 끼고 달리기 시작했다. 넓은 경포호수는 아침 햇살을 받아 고요히 빛났다. 엉덩이를 진득이 붙여볼까 하는데 선우가 일어섰다.

이번 역은 '참소리 축음기 · 에디슨과학 박물관'앞입니다.

안내 멘트가 마이크에서 흘러나왔다.

선우를 따라 버스에서 내리니 거대한 건물이 턱 버티고 있었다.

"저게 에디슨박물관이야? 허, 무슨 입장료가 저리 비싸냐? 차라리 안 보고 그 돈으로 맛있는 거 먹겠다."

민재는 고개까지 내저었다.

"야, 너 평소 못 먹고살았냐? 어째 입만 열면 먹는 거 타령이냐?"

"히히, 쑥쑥 클라고 그러나? 먹을 거 생각밖에 안 나네. 나 맛있는 거 좀 사주라!"

민재는 벙글벙글 웃으며 나를 향해 두 손을 벌려서 달라는 시늉을 했다.

어떡하면 저런 넉살을 가질 수 있을까? 한편으로 그런 민재가 부러웠다.

"여기 굉장히 유명한 곳이래. 난 솔직히 들어가 보고 싶은데 돌아보려면 2시간은 잡아야 한 대. 입장료도 비싸고. 그냥 밖에서 눈요기라도 하려고 내린 거야. 경포대는 여기서 3분 거리니까."

선우의 말에 우리는 박물관 주변을 어슬렁거리며 돌아본 뒤 경포대로 향했다.

소나무가 우거진 길을 따라 올라가자 언덕 위에 위풍당당한 모습의 누각이 자리하고 있었다. 노송에 둘러싸인 누각으로 오르자 딴 세상인 양 바람이 솔솔 불어왔다.

특이하게도 호수 쪽 누각의 양쪽 끝에는 한층 높은 누대가 만들어져 있었다. 호수를 조망하기 좋게 덧붙인 모양이었다.

다락 마냥 높은 누대에 올라앉자 경포호수가 성큼 다가왔다.

진초록 갈대를 융단마냥 깔고 앉은 경포호수는 푸른 표면을 한번 뒤척이는 일도 없이 우직한 모습으로 끝없이 펼쳐져 있었다. 그 끝에 수평선처럼 뻗은 건물들의 얇은 띠 너머로 푸른 하늘이 다시 끝없이 이어졌다.

그 아름다움에 이끌려 나는 핸드폰을 꺼내 들었다.

"햐, 역시 유명한 데는 다 이유가 있다니까. 진짜 멋지다!"

"경포대가 그렇게 유명해?"

민재가 동그랗게 뜬 눈을 굴리며 나를 봤다. 나는 공을 패스하듯 얼른 시선을 선우에게로 옮겼다.

"송강 정철 선생님이 관동팔경 중 으뜸으로 꼽은 곳이 바로 이 경포대잖아. 관동은 관동지방을 말하는데 대관령의 동쪽이라는 뜻에서 붙여진 거래. 그러니까 강원도를 중심으로 동해안에 있는 여덟 곳의 명승지를 말해."

역시 선우는 금세 백과사전처럼 술술 쏟아냈다.

"오, 그 여덟 곳에서도 여기가 으뜸으로 꼽히는 곳이란 말이지."

민재는 팔짱을 끼로 음미하듯 천천히 누각을 거닐었다.

"우리 할머니가 달은 자고로 경포대에서 봐야 한다고 하셨어. 할머니가 좋아하는 가수가 '강릉 경포대 달구경 가세'라고 노래했다면서."

"왜 달은 여기 와서 봐야 할까?"

민재가 답을 바라는 눈길로 다시 선우를 봤다.

"그래서 내가 책이랑 이것저것 뒤져봤는데 여기서는 다섯 개의 달을 볼 수 있대. 하늘에 뜬 달, 호수에 뜬 달, 바다에 뜬 달, 술잔에 뜬 달, 또 하나는 어디에 뜬 달일까?"

선우가 수수께끼를 내며 나랑 민재를 봤다.

도대체 또 어디에 달이 뜰 수 있을까? 내가 생각을 굴리고 있을 때였다.

"헤헤헤, 감 잡았다! 사랑하는 님의 눈! 맞지?"

"헐, 진짜 맞았어?"

선우가 고개를 끄덕이자 나는 민재를 향해 엄지를 치켰다. 민재가 몸을 뱀장어처럼 흐느적거리며 온몸으로 기쁨을 표현했다. 누각에 우리밖에 없어 다행이었다.

"그런데 지금은 바다에 뜬 달은 볼 수 없어. 저기 봐. 해변을 따라 호텔이랑 높은 건물들이 들어서서 바다가 안 보이잖아."

선우의 손끝을 따라가니 경포호 끝에 높은 건물들이 보이고 그 너머로 푸른 하늘이 보였다. 건물 대신 바다가 보인다면 정말 장관일 거 같았다. 어쩌면 다섯 개의 달을 볼 수 있는 곳이라며 세계적인 관광명소가 되었을지도 몰랐다. 안타까워 속이 상할 지경이었다.

"정철 선생님이 으뜸이라고 할 만하네. 오호, 각도 죽이는데? 너 사진 제법이다. 나도 영상으로 담아야지."

민재가 내 핸드폰을 들여다보며 툭 던지고는 부지런히 경포호를 카메라에 담았다.

나는 누각 난간에 턱을 괴고 은빛으로 빛나는 넓은 호수를 한없이 바라봤다. 단풍 든 가을이나 겨울에 봐도 좋을 거 같았다. 언젠가 눈오는 겨울에 꼭 와보고 싶다는 생각을 할 때였다. 네댓 명의 아줌마들이 누각으로 올라왔다. 감탄사를 쏟아내면서 이쪽저쪽으로 옮겨 다니느라 소란스러웠다. 우리는 약속이나 한 듯 짐을 챙겨 누각을 내려왔다.

숲을 빠져나와 경포호수를 따라 걸었다. 땡볕 속으로 나오니 금세 숨이 콱콱 막혔다.

모자를 꺼내 푹 눌러썼다.

"으우, 더워! 내가 이 땡볕에 왜 이런 생고생을 하냐고!"

나는 선우를 향해 소리쳤다.

"나를 위해서, 그리고 너를 위해서."

"야, 너를 위해서는 맞지만 나를 위해서는 아니지."

"젊어 고생은 사서도 한다잖아."

"누가?"

"우리 할머니가."

선우는 말하고 잠깐 얼굴이 어두워졌다. 잊고 있던 불쾌한 기억이 갑자기 떠오른 듯 묘한 얼굴이었다.

"그건 옛날 말이지. 젊어서 고생하면 빨리 늙는다는 말도 모르냐? 내가 이 무더위에 너 땜에 웬 고생이냐고!"

이번에는 선우가 웃지 않았다. 선우는 여전히 불쾌한 기억 속에 머물러 있는 모양이었다.

하지만 나는 선우에게 신경 쓸 기분이 아니었다. 물을 먹어도 갈증은 가시지 않았고 발바닥은 불이 붙은 듯 뜨겁고 아팠다.

습지공원으로 들어서자 넓은 잔디밭에 그늘막이 있는 쉼터가 보였다.

"으악, 이러다 열사병 걸리겠다. 더는 못 걸어. 좀 쉬자."

"그래, 덥고 힘들고, 죽을 거 같다."

내 말에 민재도 동조했다. 집이랑 학교만 오가느라 제대로 운동 한 번 한 적 없던 터라 무지 힘들었다.

"그래. 저기, 그늘에서 좀 쉬자."

선우의 손짓을 따라 근처 공원으로 향했다. 커다란 나무들이 늘어서 있고 쉼터마냥 넓적한 바위가 조형물처럼 놓여 있어 쉬기에도 딱 좋았다.

나는 가방을 벗어던지고 쉼터 마루에 대자로 누웠다.

나무들이 우거져서 그늘이 시원했다. 누우니 금세 피곤기가 몰려왔다. 가물가물 눈이 감겼다.

"영규야, 일어나 봐. 배낭이, 배낭이 없어졌어!"

선우의 비명 같은 소리에 눈이 번쩍 떠졌다.

게슴츠레한 눈으로 주변을 살폈다. 정말 머리맡에 두었던 배낭이 보이지 않았다.

"배낭을 누가? 왜?"

황당했다. 기껏해야 옷가지나 들었을 배낭을 왜 훔쳐갔을까? 그러다 정신이 번쩍 들었다. 얼른 목을 더듬었다. 걸고 다니던 작은 가방은 그대로 있었다. 지퍼를 열자 지갑이 눈에 들어왔다. 지갑 안에 돈이랑 학생증도 고스란히 있었다. 벌렁거리던 가슴이 가라앉으며 안도의 한숨이 나왔다. 널브러져 자면서도 그 가방은 품에 안고 잔 모양이었다. 배낭 안에는 만약을 대비해 넣어둔 약간의 비상금뿐이었다. 엄마의 잔소리 덕분이었다. 하지만 배낭이 없으면 갈아입을 옷이 하나도 없었다. 땀 냄새 쩐 옷을 입고 다닐 생각에 얼굴을 구기며 배낭을 찾아 이리저리 두리번거렸다.

"어, 민재! 민재는 어디 갔지?"

나는 눈에 의심을 덕지덕지 묻힌 채 선우를 봤다. 선우의 눈을 본 순간 나랑 같은 생각을 하고 있구나, 싶었다.

 "그 봐! 그 자식이 우리 가방 갖고 튄 거야! 내가 찜찜하다고 했잖아. 왜 모르는 자식을 합류시키냐고! 이제 어떡할 거야?"

 내 타박에도 선우는 아무 대꾸가 없었다. 배낭을 찾아 정신없이 풀밭을 뒤지며 뛰어다녔다.

 "너, 바보냐? 백날 찾아봐라 나오나. 그 자식이 갖고 달아났다니까!"

 멍청하고 한심한 선우를 향해 목청껏 소리쳤다.

 "할머니! 어떡해… 할머니!"

 우뚝 멈춰선 선우가 털썩 주저앉으며 울부짖었다.

 이런 순간에 할머니를 부르다니. 어이가 없었다. 그랜드마마보인 줄은 알았지만 지금처럼 선우가 바보 같아 보이긴 처음이었다. 하지만 한편으론 그런 선우가 안 됐다는 생각도 들었다. 나라면, 아니 보통의 아이들은 이럴 때 엄마나 아빠를 소리쳐 부를 것이다. 할머니를 부를 수밖에 없는 선우가 안쓰럽기도 했다.

 "야, 네가 애냐? 그렇다고 퍼질러 앉아 울면 어쩌냐고! 왜, 돈 몽땅 배낭에 넣었어?"

 내 타박에도 선우는 울기만 했다.

 바보같이 돈을 모두 배낭에 넣은 게 분명했다. 도난을 대비해 나눠서 보관해야 한다는 것쯤은 충분히 알 줄 알았다. 안쓰럽던 생각은 순식간에 짜증으로 바뀌었다.

"야! 그럼 이제 우리 한 푼도 없는 거야? 집엔 어떻게 돌아갈 건데?"

내 말에 선우가 울음을 그치고 나를 노려봤다.

"지금 그딴 게 걱정이야? 넌 여전히 이기적이구나."

눈에 한심해하는 빛이 가득했다.

나는 영문도 모르고 뒤통수를 얻어맞은 기분이었다.

"그게 걱정이지 그럼 뭐가 걱정인데? 그리고 여전히 이기적이란 건 또 뭐냐? 내가 언제 이기적이었는데?"

나는 어이가 없어 선우를 노려봤다.

"관두자. 집에 못 갈까 봐 걱정은 안 해도 돼. 네가 걱정하는 돈은 배낭에 없으니까."

선우의 말에 안도가 되면서도 화가 치밀었다. 내가 왜 선우에게 비웃음을 당해야 하는지 이 어이없는 상황에 기가 막혔다.

"뭐 하나 제대로 되는 게 없어. 내 인생이 그렇지 뭐."

선우의 자조 섞인 중얼거림에 치밀었던 분노가 스르르 가라앉았다.

입술을 앙다문 채 코를 훌쩍이는 선우 모습은 낯설었다. 내가 알던 선우는 조용하고 치밀하고, 그러면서도 포기를 모르는 아이였다. 이깟 일로 주저앉아 우는 아이가 아니었다. 내가 알던 그 선우가 진짜 모습인지, 지금의 선우가 진짜인지 혼란스러웠다.

"야, 그렇다고 뭐 인생까지 걸고 넘어지냐? 돈 안 잃어버렸음 됐잖아."

"넌 돈 말고는 소중한 게 없니?"

선우가 버럭 소리를 질렀다.

"돈 말고 그럼 뭐가 중요한데. 거기 소중한 거 뭐 들었는데?"

나도 짜증이 나서 힘껏 내질렀다. 그러자 선우는 입을 꾹 다문 채
하늘만 올려다봤다.

화내는 이유를 알 수가 없었다. 배낭에야 옷이나 수건, 칫솔 같은
것들이 들어 있을 게 뻔했다. 속옷이야 한두 개 더 사서 빨아 입으면
될 일이었다.

"야, 왜 울고불고 싸우고 난리야? 무슨 일 있어?"

갑자기 민재의 목소리가 날아왔다.

우리는 동시에 소리 나는 쪽을 돌아봤다. 민재가 배낭을 멘 채 걸
어오고 있었다.

"너... 너, 왜 거깄어? 어디 갔다 오는데?"

놀라서 말이 잘 안 나왔다.

"화장실."

민재는 어리둥절한 얼굴로 우리를 번갈아 쳐다봤다.

"우리 배낭은? 네가 훔쳐간 거 아냐? 어딨어, 내 배낭!"

선우는 벌떡 일어나 민재를 향해 돌진했다.

"무슨 소리야? 내가 배낭을 왜 훔쳐."

민재는 달려오는 선우를 피하지도 않고 어이없다는 얼굴을 했다.

"그럼, 여기 있던 배낭이 어디로 사라졌는데?"

"훔쳤으면 멀리 달아났겠지. 주인 앞에 겁 없이 나타나는 병신 같은 도둑도 있냐?"

민재의 날 선 목소리에 선우는 정신이 든 모양이었다. 잡았던 멱살을 슬며시 놨다.

"그렇게 의심하면서 어떻게 함께 다녔냐? 너희 둘이 세상모르게 자기에 숨겨 놨지. 내가 셋 다 메고 갈 수 없잖아."

민재는 터벅터벅 걸어가더니 좀 떨어진 덤불로 향했다. 덤불 안에 배낭 두 개가 포개져 있었다. 선우가 달려가 배낭을 열고 안을 살폈다. 그러다 길게 안도의 숨을 내쉬었다.

나도 얼른 내 가방을 살폈다. 비상금도 그대로고 달리 사라진 건 없어 보였다.

"미안해. 난 또 배낭이랑 네가 같이 없어져서……."

"나도 미안했다."

선우를 따라 나도 슬며시 사과를 했다.

"특별히 용서해 주지. 난 너희들 같은 좀생이가 아니니까. 뭐, 나라도 그랬을 거야. 잠 다 깼으면 다시 이동하자."

민재가 아무렇지 않은 듯 활짝 웃었다. 더없이 밝고 환한 웃음이었다. 그러니까 더 미안했다. 민재는 생각보다 꽤 괜찮은 아인지도 모른다.

애매한 아저씨

"저런, 배낭이 무겁겠구나. 관리사무소 입구에 물품보관소 있으니 거기다 넣어놓고 편히 구경해라."

오죽헌 매표소에서 표를 파는 아저씨가 친절하게 말했다.

우리는 감사 인사를 하고 물품보관소로 향했다.

등에 멘 배낭을 벗어 보관함에 넣자 날아갈 듯 몸이 가벼웠다. 민재도 아주 홀가분한 얼굴로 핸드폰만 손에 들었다. 선우는 텐트만 보관하고 배낭은 여전히 등에 메고 있었다.

"야, 배낭은 왜 메고 있냐? 네 것도 어서 넣어."

"아냐, 하나도 안 무거워. 가자."

선우는 굳이 배낭을 등에 멘 채 앞장섰다. 정말 이해할 수 없었지만 싫다는 데도 굳이 벗겨낼 수는 없었다.

평일이라 그런지 오죽헌은 조용했다. 초등학생 아이들 데려온 가족이나 연세 드신 부모님을 모시고 온 가족, 젊은 연인들이 드문드문 눈에 띄었다.

넓은 데다 길을 따라 핀 여러 종류의 꽃과 큰 나무들이 만드는 그늘 덕분에 더워도 다닐 만했다.

"여기가 강릉 최고의 명소란 말이지. 바로 이분께서 태어나신 곳!"

민재가 율곡 이이 그림이 그려진 오천 원짜리 지폐를 꺼내 우리들에게 흔들어 보였다.

"왜 그분의 어머님이 태어난 곳이란 말은 안 해? 오만 원 권은 없냐?"

"신사임당 님은 내게 너무 과분해서."

내 놀림에도 민재는 넉살 좋게 받아쳤다.

"호, 그러고 보면 정말 대단한 분들이야! 수많은 유명 인물들을 제치고 모자가 나란히 우리나라를 대표하는 지폐 표지 인물이 됐잖아. 여기 기운이 좋은가? 히히, 기 받아야지!"

민재가 오죽헌을 품에 안듯이 두 팔을 쫙 편 채 깊이 숨을 들이마셨다. 나와 선우는 그러거나 말거나 계단을 올라갔다.

자경문을 들어서자 너른 마당이 눈에 들어왔다. 오른쪽으로 고개를 돌리니 오천 원권 지폐에서 봤던 익숙한 풍경이 눈에 들어왔다. 지폐 속의 풍경을 실제로 보니 기분이 묘했다.

율곡의 영정을 모신 사당인 문성사로 향했다.

사당 안에는 이이의 영정 사진이 모셔져 있었다.

"어! 저분 천 원짜리에 있는 분 아냐?"

민재가 이이의 영정을 가리키며 눈을 동그랗게 떴다. 주머니를 뒤지더니 천 원짜리를 꺼내 우리 앞으로 펴 보였다.

"어우, 맹구야! 그분은 이황이지. 두루마기 입고 복건 쓰면 다 이황이냐?"

"아…. 이황! 이이랑 이황 엄청 헷갈리지 않냐? 혹시 두 분이…. 잠깐만……."

민재는 핸드폰을 켜더니 뭔가를 검색했다.

사실 나도 자주 헷갈리는 부분이다. 특히 그분들의 저서나 사상은 아무리 외워도 시간이 지나면 금세 다시 헷갈렸다.

"오호, 성이 같아서 친척인가 했더니 이황이 이이 스승이래. 그런데 왜 이황은 천 원짜리 주인공이고, 이이는 오천 원짜리지? 이거 바꾸어야 되는 거 아냐?"

민재는 이해할 수 없다는 표정으로 나와 선우를 봤다. 나도 단편적으로만 공부했지 그분들의 생애까지는 들춰본 적이 없었다. 때문에 한 번도 생각해 본 적이 없는 민재 질문에 고개만 갸웃거렸다.

"남긴 업적 때문 아닐까? 두 분 다 훌륭하시지만 아무래도 이이 쪽이 10만 양병설도 그렇고 백성들의 삶이 더 나아질 수 있도록 다방면의 개혁을 시도하며 많은 노력을 하셨으니까."

"아, 10만 양병설! 이이 말대로 진작 10만 군사를 양성하고 열심히 훈련했더라면 참혹한 임진왜란도 없었을 텐데. 역사를 보다 보면 분통 터지는 일이 많아."

선우의 말에 내가 맞장구를 치자 민재는 드디어 이해가 간다는 듯 고개를 끄덕였다.

우리는 신사임당이 용꿈을 꾸고 율곡을 낳았다고 해서 이름 붙여진 몽룡실을 돌아 사랑채로 향했다.

매화나무 앞에 나이든 아저씨 한 분이 서 있었다.

"참 애매한 아저씨다."

민재가 아저씨를 보며 중얼거렸다.

"할아버지라고 부르기엔 젊고, 아저씨라고 부르기엔 늙었잖아. 그러니까 애매한 아저씨지."

눈을 동그랗게 뜬 나랑 선우를 향해 민재가 설명을 덧붙였다. 그러고 보니 '애매한 아저씨'란 말이 더없이 잘 어울린다는 생각이 들었다. 우리가 마주보고 수긍의 웃음을 보내는 사이 애매한 아저씨는 나무 밑동을 보다가 우듬지를 보다가, 가까이서 뚫어질 듯 보다가, 멀리서 봤다. 다시 왼쪽으로 보다가 오른쪽으로 봤다. 마치 나무와 대화라도 하듯 너무나 진지한 그 모습이 웃겨서 지켜보고 있는데 민재가 성큼성큼 다가갔다. 그 바람에 나랑 선우도 따서 걸음을 옮겼다.

"아주 특별한 나무인가 봐요."

민재의 말에 애매한 아저씨가 돌아보며 우리를 차례로 봤다.

"그렇지. 율곡매라고 부르는 매화나문데 600년도 더 된 나무지. 꽃

색깔이 연분홍이라 홍매라고도 부르는데 다른 매화나무에 비해 훨씬 알이 굵은 매실이 달린단다. 반갑구나. 관광객들이 이 나무엔 눈길조차 안 줘서 서운했는데."

애매한 아저씨가 웃었다.

"오죽헌이 들어설 당시에 이 나무도 같이 심어졌다는구나. 신사임당과 율곡 선생이 직접 가꾸셨다니 얼마나 경이롭냐. 신사임당이 매화를 얼마나 사랑했는지 맏딸 이름을 '매창'이라 지었다더구나. 매화 그림도 여럿 그렸는데……"

아저씨의 입에서 술술 얘기가 흘러나왔다. 들어줄 누군가가 필요했는지 아저씨는 좀처럼 말을 끊을 생각이 없는 모양이었다.

민재가 우리를 향해 슬쩍 눈짓을 했다. 말이 길어질 거 같으니 어서 다른 쪽으로 가자는 것이다.

"벌써 가게? 잠깐만! 딱 하나만 듣고 가거라."

아저씨의 말에 몸을 돌리던 우리는 스르르 멈춰서 아저씨를 봤다.

"율곡이 몇 살에 어머니를 여의었는지 아니?"

아저씨가 우리를 차례로 봤다. 나와 민재가 차례로 고개를 저었다. 선우마저 고개를 젓자 우리는 다시 아저씨를 봤다.

"너희들이랑 비슷한 나일걸. 16살에 엄마가 돌아가셨단다."

16살? 나와 너무 멀리 있어 아무 상관없게 느껴지던 율곡이 갑자기 친구처럼 다가왔다. 민재랑 선우도 놀랐는지 벌린 입을 다물지 못했다.

"너희들도 이리 놀라는데 율곡의 충격은 얼마나 컸겠니. 신사임당은 율곡에게 자상한 어머니이기도 했지만 학문적 스승이자, 친구이자, 정신적 지주였거든. 그래서 어머니의 묘를 지키며 3년 상을 마친 후, 율곡은 19살에 금강산으로 들어갔단다. 1년을 떠돌다 이곳 오죽헌으로 돌아왔지. 그때 그런 생각이 들었다는구나. 저세상에 계신 어머니가 지금의 내 모습을 보면 얼마나 슬퍼하실까? 그래서 자경문을 만들었단다."

"자경문이 뭔데요?"

민재가 물었다.

"스스로 자(自), 경계할 경(警), 글월 문(文), 그러니까 스스로 경계하는 지침서지. 11가지 항목이었는데 죽을 때까지 공부하자, 책을 읽되 내 할 일을 먼저 하자, 밤이 아니면 눕지 말자, 이렇게 아주 거창한 게 아니라 지킬 수 있는 것들을 세웠대. 오늘날 생활계획표 같은 거지. 그리고 그 지침서를 철저히 지키셨다는구나. 그랬으니 오늘날 이리 존경받는 인물이 되신 게지. 너희들도 자신에게 잘 맞는 나만의 자경문을 만들어 실천해 보아라."

아저씨는 말을 끝내고 우리를 봤다.

너무 위대해서 나와는 다른 사람처럼 느껴지던 이이가 평범하고 인간적으로 다가왔다. 특히 '밤이 아니면 눕지 말자'가 가슴에 남았다. 선우랑 민재도 나처럼 생각이 많아진 모양이었다. 뭔가를 곱씹듯 생각에 잠겨 있었다.

"내 할 말은 다 했으니 그만 가 봐라. 가다가 뒤뜰에 있는 오죽은 꼭 보고. 검은 대나무라고 해서 한자로 '까마귀 오(烏), 대나무 죽(竹)'자를 써서 오죽이라 부르는데, 건물 주변에 오죽이 많아서 '오죽헌'이란 이름이 붙었다는구나."

애매한 아저씨가 가라는 손짓을 하면서 말했다.

그제야 우리는 아저씨에게 깍듯이 인사를 하고 돌아섰다.

아저씨 당부대로 오죽을 사진에 담으며 한참을 보다가 안채와 사랑채, 어제각을 둘러본 뒤 율곡기념관으로 향했다.

"할머니, 저 병풍 좀 보세요."

기념관에서 선우가 툭 내뱉었다. 그 바람에 나는 눈이 동그래져서 선우를 봤다.

"야, 아무리 그랜드마마보이라도 시와 때는 좀 가려라! 너랑 같이 다닌다는 이유로 나까지 이렇게 본단 말이야."

나는 정신이 이상하단 뜻으로 검지를 머리에 대고 빙빙 돌렸다.

"아, 미안해. 우리 할머니가 보면 좋아하셨을 거 같아서. 병풍 그림 정말 멋지지 않니?"

나도 민재도 선우의 손끝을 따라갔다. 벽 가득 신사임당의 그림이 그려져 있었다. 교과서인지 책에선지 본 적이 있는 익숙한 그림이었다. 맨드라미꽃과 쇠똥구리, 보라색 가지와 어우러진 나비 그림도 있다. 그 중에서도 커다란 수박 두 덩이 위로 나비 두 마리가 날고 있고 들쥐 두 마리가 수박을 파먹고 있는 그림이 재미있었다. 애매한 아저씨 말대로 기념관 곳곳에서 신사임당이 남긴 매화 그림들이 제법 눈에 띄었다.

"초충도가 무슨 말이야?"

민재가 그림 아래 붙은 소개 글을 읽으며 물었다.

"풀 초(草), 벌레 충(蟲), 그림 도(圖)!"

내가 맞지 하는 표정으로 선우를 봤다. 선우가 웃으며 고개를 끄덕였다.

"풀이랑 벌레 그림이란 뜻이야? 하하, 풀어놓으니까 별거 아니네."

민재가 나와 선우를 향해 엄지를 치켰다.

"신사임당은 마당에서 탐스런 열매나 꽃, 나비 같은 그림을 자주 그리셨는데 그림이 진짠 줄 알고 닭이 벌레 그림을 쪼아댔다더라고. 그림을 직접 보니 정말 그랬을 거 같다."

선우가 감탄에 찬 얼굴로 그림 하나하나를 들여다보며 말했다.

우리가 그림을 보고 있는데 민재는 다른 쪽을 보고 있었다.

'율곡 이이의 가르침'이란 글귀가 적힌 곳이었다. 나는 민재의 눈길을 쫓았다.

친구에 대한 자세

친구는 반드시 배우는 일과 착한 일을 좋아하는 사람,

행실이 바르고 엄숙한 사람,

곧고 진실한 사람을 사귀어야 한다.

그와 함께 있으면서 내 마음을 비워

그 사람의 규범과 경계를 받아들여 나의 단점을 다스려야 한다.

게으르고 장난을 좋아하며 말이나 꾸미고 정직하지 못한 사람과는
사귀지 말아야 한다.

"요거, 딱 너를 두고 하는 거 아니냐?"

내가 '게으르고 장난을 좋아하며 말이나 꾸미고 정직하지 못한 사
람과는 사귀지 말아야 한다.'부분을 손가락으로 짚으며 민재를 향해
낄낄거렸다.

"서로에 대한 믿음이 있어서 언제든 불쑥 함께 여행할 수 있는 친
구가 있다면 얼마나 행복할까?"

민재는 표정도 목소리도 너무나 진지했다. 그 바람에 낄낄대던 나
는 머쓱해졌다.

"헤이, 오글거리게 갑자기 왜 그러냐?"

"부러워서 그렇지."

민재는 여전히 진지한 얼굴로 핸드폰을 켜더니 글귀를 동영상에
담았다.

"배고프다. 우리 점심 먹으러 가자."

"점심? 강릉 대표 음식! 맛있겠다, 어서 가자."

선우의 말에 민재 얼굴이 금세 환해졌다.

나도 배가 무지 고팠다. 경포대부터 시작해 생태공원을 지나 오죽

헌까지 걸어왔으니 아픈 다리만큼 배도 고팠다. 그새 점심시간이 다되어 가고 있었다.

관리소에서 배낭을 찾아 오죽헌을 나섰다.

강릉 대표 음식이라기에 한껏 기대에 부풀어 택시를 타고 도착한 곳엔 '초당순두부'란 간판이 붙은 곳이었다. 기껏 두부나 먹자고 여태 기대에 부풀었나 싶어 힘이 빠졌다.

"택시비가 만원인데 밥값도 만원이냐?"

민재는 투덜거리면서도 콘센트를 찾아 핸드폰 배터리를 충전했다. 그제야 나도 얼른 배낭에서 잭을 꺼내 핸드폰을 충전했다.

반찬이 여러 가지가 나왔지만 우리 입맛은 아니었다. 뭉글뭉글한 하얀 순두부를 보며 나는 얼굴을 찡그렸다.

"여기 '맛집'으로 유명한 곳이야. 오늘이 평일이라 이 정도지 한두 시간은 기본으로 줄 서서 먹는 곳이라고. 우리 할머니가 엄청 좋아하셨을 텐데."

맛집이란 말에 민재는 눈을 반짝이며 순두부에 간장을 끼얹어 한 입 먹었다.

"호, 엄청 고소하네. 맛있어!"

민재가 숟가락 가득 순두부를 다시 뜨며 말했다.

어쨌건 배가 고픈 터라 나도 간장을 끼얹어서 순두부를 조금 떠먹었다. 생각보다 고소하고 맛있었다. 뒤이어 나온 순두부 전골은 얼큰해서 땀을 뻘뻘 흘리며 순식간에 먹어치웠다.

"자, 이제 허난설헌기념관으로 가자. 여기서 10분 거리라니까 걸어가도 되겠지?"

선우가 물었지만 대답할 필요도 없었다. 선우는 이미 수첩을 꺼내 들고 앞서가고 있었다.

"이런 데는 뭐 하러 오냐? 돈 내는 거면 난 그냥 여기서 쉴래."

민재가 기념관 입구에서 털썩 주저앉으며 말했다.

"여기 무료야. 무료 아니래도 강릉에 와서 허균 · 허난설헌기념관을 어떻게 안 보니. 우리 할머니가 '홍길동전'을 얼마나 좋아했는데."

"홍길동이랑 이 기념관이 무슨 상관인데."

"얼씨구, 이렇게 기쁠 수가! 나보다 무식한 사람을 보는 기분이 이런 거군. 허균이 지은 소설이 홍길동전이잖아. 넌, 엄마가 책 읽으란 잔소리도 '전~혀' 안하시냐? 좋겠다."

내 말에 민재 얼굴이 어두워졌다. 하지만 금세 '그래서 뭐?' 하는 표정으로 혀를 쏙 내밀었다. 공부랑 담 쌓고도 저리 밝을 수 있는 민재의 뇌가 부러웠다. 하긴 아들 데리고 복지원을 다닐 정도면 공부와 상관없이 충분히 따뜻하고 좋은 엄마일 것이다.

"이렇게 휙 둘러보면 뭘 알겠냐. 홍길동 형이 나와서 설명을 해주든지, 허난설헌 누나가 나와서 시를 낭송해주든가. 오호, 그러면 진짜 대박일 텐데. 내 아이디어 어떠냐?"

민재는 자기 사랑에 빠진 나르시스처럼 스스로가 멋져서 못 견디겠단 얼굴이었다. 그 모습이 유치하고 웃겼는데 한편으로 즉흥적으로 나온 아이디어치고 굉장하다는 생각에 민재가 다시 보이긴 했다.

기념관을 돌아보고야 나는 허난설헌의 본명이 초희고 허균이 6살 어린 동생이란 걸 알았다. 허균과 허난설헌이 '이달'이라는 서얼 출신의 스승을 모시고 시를 배웠다니 '홍길동전'이 나온 배경이 짐작되어졌다.

"허난설헌의 시들이 중국에서 시집으로 간행되어 격찬을 받았대. 일본에서도 사랑받았고. 원조 한류스타였다고만!"

박물관 안을 건둥건둥 다니던 민재가 말했다. 건둥건둥 다니면서도 볼 건 다 보는 모양이다.

"오호, 허난설헌 아버지의 호가 '초당'이래. 우리 아까 초당부두 먹었잖아. 설마 그 초당이 이 초당은 아니겠지?"

민재가 놀라운 발견이라도 한 듯 온 몸으로 긴장감을 뿜어냈다.

"그 초당이 이 초당 맞아."

선우의 말에 민재는 '오, 대박!'하는 표정으로 양쪽 엄지를 치켰다. 나는 건둥그리며 다니면서도 볼 건 다 보는 민재가 더 놀라워서 민재를 향해 양쪽 엄지를 치켰다. 기분이 좋았는지 민재는 박물관 안을 더 바삐 다니며 더 열심히 들여다봤다.

"호, 초희 씨는 열다섯에 결혼했다네."

"조선시대뿐 아니라 삼국시대에도 열다섯, 열여섯이면 결혼을 했대. 지금 우리가 너무 어린아이 취급을 받고 있는 지도 모르지."

"헐, 그럼 우리 나이에 아빠가 되는 거냐? 으, 그건 진짜 별로다."

생각만으로도 어깨가 무거워지는 것 같았다.

내가 고개를 내젓자 민재가 '맞아, 맞아!'하며 격하게 맞장구를 쳤다.

"곡자가 무슨 뜻이지?"

민재의 말에 나도 선우도 민재 쪽으로 다가갔다.

"아들 죽음에 곡을 한다는 뜻이라네."

통통 튀던 민재의 목소리가 가라앉았다. 민재의 눈은 '곡자(哭子)'라는 제목의 시에 멎어 있었다.

　　지난해에는 사랑하는 딸을 여의고

　　올해에는 사랑하는 아들까지 잃었네.

　　슬프디 슬픈 광릉 땅에

　　두 무덤이 나란히 마주보고 서 있구나.

　　사시나무 가지에는 쓸쓸히 바람 불고

　　솔숲에선 도깨비불 반짝이는데,

　　지전을 날리며 너의 혼을 부르고

　　네 무덤 앞에다 술잔을 붓는다.

　　너희들 남매의 가여운 혼은

　　밤마다 서로 따르며 놀고 있을 테지.

　　비록 뱃속에 아이가 있다지만

　　어찌 제대로 자라나기를 바라랴.

하염없이 슬픈 노래를 부르며

피눈물 슬픈 울음을 속으로 삼킨다.

시를 읽고 있으니 앞서 읽은 허난설헌의 이력들이 떠올랐다. 두 명의 아이를 돌림병으로 잇달아 잃고, 뱃속의 아이를 유산하는 불행을 당했다고 했다. 거기다 여성의 재능을 인정하지 않는 시어머니, 밖으로만 도는 남편과의 불화, 친정아버지와 가장 따르던 오빠의 죽음....

허난설헌의 슬픔과 고통이 전해지는 듯했다.

"초희 씨도 참 아픈 생을 사셨네. 그래서 스물일곱까지밖에 못 살았나봐. 천재 시인이면 뭐하냐고, 이리 허무한 생이라니……."

민재는 마치 자기 일 인양 혀까지 찼다.

"그만 나가자."

뚫어질 듯 시를 보고 있던 선우가 갑자기 몸을 돌렸다.

우리는 울적한 마음으로 기념관을 나왔다.

이상한 조합의 히드라

선우를 따라 버스를 타고 내리기를 반복한 끝에 정동진에 도착했다. 정류장에 내리니 축제가 벌어진 듯 주변이 들썩거렸다.

"음악 축젠가? 와, 저기 텔레비전에 자주 나온 곳 아냐? 많이 봤는데!"

민재가 핸드폰 카메라를 꺼내 풍경을 담으며 소리쳤다. 그러고 보니 낯이 익었다.

"모래시계란 드라마를 촬영한 곳이래. 저 소나무가 '고현정 소나무'인가 봐. 우리 할머니가 좋아하는 배운데."

"저것 봐. 공연 한대. 어서 가보자."

흥분한 민재가 도로 한쪽에 매달린 현수막을 향해 소리쳤다.

한 여름 동해바다, 청소년 음악 페스티벌

모래시계공원 오후 5시

우리는 사람들에게 물어 모래시계공원으로 향했다.

노랫소리와 악기 소리가 점점 가까워졌다. 덩달아 온 몸이 근질거
려왔다.

거대한 모래시계 앞으로 설치된 무대에는 여자 둘이 기타 연주를
하고 앞에 선 여자 아이 둘이 현란한 춤을 선보이고 있었다.

무대 앞에는 수많은 사람들이 모여앉아 박수를 치며 환호했다.

"이왕이면 의자에서 제대로 구경하자. 빈자리도 있잖아."

나랑 민재가 소나무 아래 털썩 앉자 선우가 우리 팔을 잡아 당겼다.
내키지 않았지만 빈자리로 향했다. 다행히 커다란 구름이 뜨거운 해
를 가리고 있었다.

바닷가와 어울리는 대학생 형들의 노래, 중학생 여자 애들의 랩이
차례로 이어졌다.

다음으로 다섯 명의 청소년 그룹이 올라왔다. 여러 대의 드럼을 무
대로 옮기느라 시간이 좀 걸렸다. 큰 아이, 작은 아이가 섞여서 나이
층이 다양했다. 드럼과 키보드가 뒷줄 양쪽 끝에 서고 앞줄엔 현악기
멤버 셋이 섰다. 중앙에 선 빨간 파마머리가 보컬인 모양이었다. 큰
키의 그를 보는 순간 나도 모르게 눈이 휘둥그레졌다. 낯이 익었다.

'어디서 봤지?'

나는 그의 얼굴을 뚫어지게 보며 기억해 내려고 애썼다. 하지만 너무 멀어서 정확히 볼 수가 없었다.

"네, 이번 팀은 '별바라기'라는 그룹입니다. 나이층이 다양하네요. 이번 페스티벌에 참가하게 된 특별한 사연이 있다고 하던데 그 사연 좀 들어볼까요?"

사회자가 빨간머리 보컬에게 마이크를 디밀었다.

"네, 얼마 전 친한 친구가 세상을 떠났습니다. 그 친구의 꿈은 저랑 무대에 서서 맘껏 노래를 부르는 거였는데.... 그 친구를 위해 참가했습니다."

빨간머리 보컬은 목이 메는지 목소리가 잠겼다.

"네, 힘찬 박수로 별바라기 팀을 응원해 주시면 감사하겠습니다. 준비한 곡은 '너, 너, 너!', 자작곡이라고 합니다."

사회자가 멘트가 끝나자 요란한 박수 소리가 울려 퍼졌다.

'디리리리~' 왼쪽의 현악기가 신호를 보내듯 첫 음을 울리자 이어 드럼, 키보드, 나머지 현악기가 일시에 토해내는 소리가 분수줄기처럼 치솟으며 하늘로 메아리쳤다.

너, 너, 너, 띠리리 띠리리

너 없는 이 세상이 텅 빈 것 같아. 디리리디리

꼭 가야만 했니? 좀 더 누릴 수는 없었니? 디리릴

기다리면 기회는 온다했는데 디리리리

떠난 친구를 그리는 노래 같은데 의외로 음악이 흥겨웠다. 잠시 가라앉았던 분위기는 언제였나 싶게 여기저기서 추임새를 넣으며 어깨와 목을 흔들며 노래에 빠져들었다.

선우랑 민재도 발가락을 까닥거리며 박자를 맞추었다.

'히드라, 이상한 조합의 히드라 무리.'

불쑥 머릿속을 스쳤다. 순간 노닥노닥 카페에 나타났던 그들의 모습이 뚜렷이 떠올랐다. 나이대가 서로 다른 이상한 조합의 히드라 무리.

너, 너, 너, 디리디리딜

너 없는 세상 우리가 더 힘껏 살아줄게. 디리리디리

네가 억울하지 않게 네 몫까지 신나게 즐겨줄게. 디리리리

'히드라 무리가 노래를 한다!'

나는 입이 다물어지지 않았다. 그들의 노래는 정말 근사하고 멋졌다.

뜻밖의 장소에서 만난 그들은 마치 오래전부터 알고 지낸 친구처럼 반가웠다.

"쟤들 우리 카페에 오는 애들이야."

내 말에 선우와 민재가 눈을 빛냈다.

그들의 노래와 연주에 객석은 흥에 겨워 아이도 어른도 리듬에 맞춰 어깨를 우줄거렸다.

마침내 공연이 끝났다.

나는 자리에서 벌떡 일어났다. 가까이서 다시 한 번 보고 싶었다.

"뭐하게?"

선우가 내 팔을 잡아당기며 물었다.

"멋있잖아. 인사라도 하게."

나는 무대를 돌아 그들에게 달려갔다. 나 스스로도 놀랐다. 나에게 이런 흥분과 열정이 있다는 것이 놀라우면서 당황스러웠다.

빨강머리 형과 멤버들은 악기를 한쪽으로 옮기느라 정신없었다. 나는 듯이 달려가 함께 거들었다. 선우와 민재도 어쩔 수 없다는 듯 따라왔다.

"어, 너!"

빨강머리 형이 손가락으로 나를 가리켰다. 숨이 탁 멎는 거 같았다. 나도 모르게 벌쭉 웃었다.

"너, 노닥노닥 카페 죽돌이 아니냐?"

형의 말에 선우와 민재가 킥킥대며 웃었다.

'아무리 카페에 죽치고 있다고 죽돌이라니.'

순간 기분이 확 나빴지만 좀 전의 멋진 모습 때문에 애써 표정을 누그러뜨렸다.

"여기서 보니 반갑네. 친구들이랑 여행 왔냐?"

그래도 아는 척을 해주니 기분은 좋았다.

"형, 공연 너무 좋았어요. 멋져요."

놀랍게도 내 입에서 '형'이란 말이 툭 튀어나왔다.

"우리 공연이야 늘 최고지. 이따 얘기하고 이거, 마저 좀 옮겨 줘."

빨강머리 형이 으스대는데 나이든 아저씨가 다가오며 '누구'하는 표정으로 우리를 봤다.

"연습실 근처 카페에서 본 애예요. 몇 번 봤다고 거들어 주네요."

빨강 머리형이 활짝 웃었다. 아주 순박해 보였다.

카페에서 볼 때는 반항기 가득한 불량청소년 정도로 봤는데 이렇게 활짝 웃으니 영 딴판이었다.

"그래? 이리 만난 것도 인연인데 우리랑 좀 이른 저녁 먹을래? 우린 점심도 먹는 둥 마는 둥 한 데다 다시 서울로 올라가야 해서 말이야."

아저씨의 말에 민재가 '아싸'하며 풀쩍 뛰어올랐다.

"네가 먹는 걸 제일 밝히는 모양이구나. 가자, 고기 실컷 구워 먹자."

아저씨의 말에 민재는 더 높이 펄쩍펄쩍 뛰었다. 나와 선우는 그 모습을 보며 웃었다. 빨강 머리 형과 다른 네 명의 구성원들도 땀범벅인 채로 활짝 웃었다.

아직 등 뒤에서는 공연이 계속되고 있었지만 나도 민재도 공연에 대한 미련은 전혀 없었다. 아저씨는 우리가 텐트로 야영할 거라고 하자 잘됐다며 봉고차에 타라고 했다. 드럼 같은 악기를 실었지만 9인승이라 그런대로 껴서 갈만했다.

잠깐 달렸나 싶었는데 멈추었다.

봉고차에서 내리자 앞에 야영장이었다. 우리가 짐을 내리는 사이 아저씨와 형들은 불판을 펼치고 고기며 양념장을 꺼냈다. 금세 저녁 상이 차려졌다.

좀 이른 저녁이라고 생각했는데 여기저기서 고기 굽는 냄새가 솔솔 풍겼다. 순두부를 배불리 먹었다고 생각했는데 삼겹살 냄새에 배가 꼬륵거리며 요동을 쳤다.

집을 떠난 지 이틀밖에 안 됐는데도 한 1년은 된 것 같았다. 삼겹살을 구워 먹은 지는 도무지 기억이 안 날 지경이었다.

"몇 년 굶었냐? 왜 이리 허겁지겁이야? 고기 많으니까 천천히 먹어."

아저씨는 부지런히 고기를 구우며 말했다.

"형들 완전 반전이에요! 카페에서 히드라... 아니, 형들 보고 이렇게 공연하는 매력 뿜뿜인 분들 일 거라고는 상상도 못 했어요."

"왜, 울긋불긋한 파마머리 때문에 불량아로 봤냐?"

빨간머리 형이 직격탄을 날렸다.

당황하니 말이 안 나왔다. 솔직히 말하자니 미안했고, 거짓말을 하자니 안 내켰다.

"조슈아 벨의 지하철실험 들어봤니?"

당황하는 나를 향해 웃던 아저씨가 모두를 향해 물었다.

"그 사람이 누군데요? 과학자예요?"

민재가 고기를 우물거리며 물었다. 아저씨가 고기를 뒤집다 말고 큰소리로 웃었다.

"미국 사람인데 세계적인 바이올리니스트야. 한 신문기자의 의뢰로 2007년인가? 아무튼 추운 겨울에 야구 모자에 평범한 거리의 악사처럼 변장하고 아침 출근시간에 워싱턴 지하철역에서 45분간 연주를 했지. 당시 1000여 명이 그 앞을 지나갔다는구나. 정확히 1,070명이었대. 그중 몇 명이 공연을 지켜봤을까? 참고로 조슈아 벨은 바로 이틀 전에 좌석당 100달러가 넘는 공연을 매진시켰는데 그때 연주했던 곡이랑 같은 곡들로 연주했대."

"음... 100달러가 우리 돈으로......"

"대략 한 11만 원에서 12만 원 정도 될 걸."

민재의 질문에 선우가 대답했다. 빨간머리 형이랑 구성원들이 선우를 향해 '오~'하며 감탄사를 내질렀다. 선우는 쑥스러운 듯 얼굴이 붉어졌다.

"헉, 2007년에 그 정도의 공연료에도 매진이었다면... 지하철역이 공연 보려는 사람들도 미어터졌겠죠."

민재가 자신 있게 소리쳤다. 그러자 아저씨가 우리 모두를 돌아봤다.

"그래도 바쁜 출근 시간이니까 한 500명 정도?"

"200명이오!"

"출근해야 하니까, 한 50명쯤?"

저마다 한마디씩 했다.

"고작 7명이었어. 그것도 1분 이상 지켜본 사람이. 그중 3살짜리 아이는 엄마가 끌고 가는 바람에 억지로 끌려가면서도 계속 뒤돌아 연주자를 보았다는구나. 그 수많은 사람들 중에 단 한명의 여성만이 그가 '조슈아 벨'이란 걸 알아봤는데 바로 이틀 전에 100달러를 내고 그 공연을 본 사람이었지."

아저씨의 말에 너도나도 비명을 내질렀다.

"누구도 그가 '조슈아 벨'이라고 상상도 못 한 기지. 그게 다 공연 장소와 복장 때문이지. 편견이라는 게 그렇게 무서운 거다. 공연이 아무리 뛰어나고 훌륭해도 편견 때문에 제대로 보지도 듣지도 못하는 거지. 공연 장소가 거리이기 때문에 허접한 거리의 악사라고만 생각하는 거지."

"하지만 바쁜 출근 대신 퇴근시간이면 다르지 않았을까요?"

조용한 분위기를 깨고 선우가 물었다.

"아무래도 퇴근시간이면 많이 달랐겠지. 그런데 춥고 바쁜 출근시간이긴 했지만 그 역을 드나드는 사람들은 대부분 국가기관의 책임자 그룹이라 시간을 내려면 얼마든지 낼 수 있는 위치의 사람들이었다는구나. 그러니 꼭 시간의 문제는 아니라는 거지."

아저씨의 말에 가슴이 뜨끔했다. 카페에서 별바라기 그룹을 '이상한 조합의 히드라'무리라며 형들을 좋지 않게 봤었다. 나야말로 벌써 사람들을 선입견을 가지고 보고 있구나 싶었다.

"맞아요. 저만해도 그래요. 머리를 빨갛게 물들이고 파마했다고 다들 불량학생으로 본다니까요. 제 속에 끓어오르는 음악에 대한 이 뜨거운 열정은 보지 못하고 말이죠."

빨간 머리형이 소리쳤다. 하필 그때 형의 눈이 내 눈과 마주쳤다. 놀라서 꿀떡 삼키던 고기가 목에 걸리고 말았다.

"야, 아무리 도둑이 제 발 저리다고 금세 그렇게 티를 내냐?"

빨간머리 형이 내 등을 두드리며 웃었다. 그 바람에 모두들 깔깔대며 웃었다.

"이 실험은 편견뿐 아니라 우리의 삶의 방식을 돌아보라는 메시지도 담고 있다고 본다. 아마 그 공연이 서울의 어느 전철역에서 있었어도 비슷했을 거야. 죠슈아 벨의 연주는 아마도 멈춰 서서 현재를 즐길 줄 아는 사람만이 제대로 감상했겠지. 우리가 정말 현재를 살고 있는지 한번 생각해봐야 해. 내가 사는 것인지, 살려고 하는 것인지."

나는 아저씨의 말이 선뜻 이해되지 않았다. 현재를 산다는 게 무슨 뜻인지, 사는 것과 살려는 것의 차이가 뭔지 알 수 없었다.

"같은 말 아니에요?"

빨간머리 형이 물었다.

"언뜻 보면 같은 말 같지만 달라. '살려고'는 미래형이잖아. 그러니까 현재를 사는 게 아니라 미래를 위해, 목적만을 향해 달리는 삶이지. 그래서 늘 현재는 스쳐가기 때문에 봐도 보이지 않고, 들어도 들리지가 않는 거야. 거리의 풍경도 주변의 아픈 사람도... '사는 것'은 말 그대로 현재를 사는 거야. 멈춰 서서 제대로 보고 느끼며 오늘, 지금을 사는 거지. 현재의 삶을 살아야 과거는 아름다운 추억이 될 테고, 미래 역시 아름답고 찬란할 수 있겠지. 하지만 지하철 실험에서 보듯 현재를 사는 사람은 아주 소수라는 거지. 물론 그들 중엔 정말 시간을 다투는 중요한 약속이나 일이 있는 사람도 있을 거야. 그렇다 쳐도 1분을 공연 감상에 쓸 수 있는 사람이 1,070명 중의 7명은 너무한 숫자 아니냐."

문득 아빠가 떠올랐다. 붉은 해처럼 늘 뜨거운 마음으로 살고 싶다던 아빠.

'그래서 뭐? 아빠가 현재를 사는 사람의 표본이라도 된다는 거야?'

밀려오는 감정을 억누르며 나는 삼겹살을 아작아작 씹었다.

홍해파리처럼

우리는 형들의 텐트에서 조금 떨어진 곳에 텐트를 쳤다. 사실 원터치 방식이라 고정핀만 빼면 저절로 펴져서 딱히 텐트를 친다고 할 수도 없을 만큼 펴기도 접기도 쉬웠다.

아저씨와 밴드 멤버들을 배웅하고 온 빨강머리랑 초록머리 형이 까만 봉지를 흔들었다.

형들은 텐트 앞에 돗자리를 펴고 까만 봉지에서 이것저것 꺼냈다.

"호, 맥주를 어떻게 샀어요?"

민재 말에 빨강머리 형이 자신의 파마머리와 껑충한 키를 손짓했다. 밤인데다 언뜻 보면 대학생으로 보일 듯도 했다.

"니들 맥주 정도는 마시지?"

빨간머리 형이 맥주 캔 뚜껑을 따며 우리들을 차례로 봤다.

"안 됩니다. 내일 일정이 있어요."

선우가 손사래까지 치며 단호히 말했다.

"햐, 얘 보기완 다르네. 여리게 생겼는데 소신 있어. 아주 바람직해. 너희들도 안 마셔?"

형이 나와 민재를 봤다.

수학여행 때 아이들 몇몇이 선생님 몰래 마시는 걸 봤지만 난 아직 한 번도 마셔본 적이 없었다. 바닷가에 왔으니 한 모금쯤 마셔볼까 했는데 선우가 펄쩍 뛰니 입이 떨어지지 않았다. 종이컵을 내밀던 민재도 엉거주춤 빨간머리 형이랑 선우를 번갈아봤다.

"그래, 너희들은 음료수나 마셔."

형이 사이다 페트병을 우리 쪽으로 밀고는 과자 봉지를 북 찢어서 펼쳤다.

"만난 기념으로 그래도 건배는 하자. 여름 바다 좋잖아."

빨간머리 형이 맥주 캔을 들며 말했다. 초록머리 형은 도통 말이 없었다. 그저 빨간머리 형이 하자는 대로 했다. 우리는 음료수 따른 컵을 들었다. 잔을 맞부딪히니 마치 어른의 세계라도 들어선 듯 어깨에 힘이 들어갔다.

빨간머리 형이 기타를 들고 와서 초록머리 형에게 내밀었다. 두 손을 바지에 슥슥 문질러 닦더니 기타를 받아들고 연주를 시작했다. 밤에 들으니 낮하고는 느낌이 아주 달랐다. 파도 소리와 어울려 또 다른 세계로 빨려드는 듯한 기분이었다.

"기타 말고 낮고 굵게 내는 악기가 있던데 그건 뭐예요?"

아까의 공연을 떠올리며 내가 물었다.

"아! 베이스 말이가?"

여태 말 없던 초록머리 형이 불쑥 입을 열었다. 굵은 사투리에 모두들 어리둥절해서 그 형을 봤다.

"하하, 놀랐지? 이 친구는 경상도에서 전학 왔는데 사투리가 심해서 말할 때마다 사람들이 웃으니까 말을 잘 안 해. 그런데 악기 얘기만 나오면 자기도 모르게 말이 튀어나오지. 지금처럼."

빨간머리 형이 설명을 덧붙였다.

"형, 좀 더 얘기해 보세요. 말투 진짜 재밌어요. 완전 사나이 느낌!"

민재가 초록머리 형의 팔을 흔들었다. 머뭇거리던 형이 마침내 입을 열었다.

"밴드는 보컬, 베이스, 기타, 키보드, 드럼이 기본 조합이다. 악기마다 맡은 역할이 있어서 다 중요하지만 그중에서도 베이스는 특히 더 중요하다. 리듬 악기인 드럼과 멜로디 악기인 기타나 키보드(건반) 사이에 균형을 맞춰주는 보좌역할을 하거덩. 쉽게 말하믄 드럼의 딱딱한 음과 멜로디 악기의 부드러운 음을 베이스가 잘 혼합해 주는 기다."

초록머리 형은 한번 입이 열리자 말을 좔좔 아주 잘했다. 나랑 선우랑 민재가 '와~'하면 감탄사를 내질렀다.

"맞아. 베이스가 없으면 드럼과 멜로디 악기가 따로 놀아. 아무리 좋은 연주자가 연주를 한다고 해도 듣는 사람은 거북하게 들리지. 밴드에서 베이스가 없으면 팥 없는 붕어빵이랄 수 있지."

빨간머리 형이 덧붙였다.

"형, 저도 기타 배우고 싶은데 한번 쳐봐도 돼요?"

낮에 공연을 보면서부터 기타를 쳐보고 싶은 욕구가 꿈틀거렸었다. 내가 손을 내밀었지만 초록머리 형이 몸을 뒤로 뺐다.

"배우는 거는 뭐든 좋다. 그런데 이 기타는 안 된다. 내 보물 1호거든. 이거 살라꼬 내가 알바를 얼마나 많이 했는줄 아나."

"그렇게 비싸요?"

"싼 것도 있다. 배울라믄 처음에는 중고나 저렴한 악기를 구입해서 연습하는 기 좋다. 자꾸 연습하다 보믄 소리 귀가 열린다. 그때 좋은 악기를 사믄 실수가 읎다."

형의 말은 묵직하면서 거역할 수 없는 힘이 있었다. 그게 꼭 사투리 때문만은 아닌 거 같았다. 오랜 경험과 나름의 소신이 합쳐서 아주 탄탄의 경지의 내공이 느껴졌다.

"호, 완전 전문가 같아요. 그럼 형들 꿈은 당연히 가수겠네요."

민재가 묻자 두 형은 서로를 보며 얼굴이 환해져서 고개를 끄덕였다.

"너희들은 꿈이 뭐냐?"

빨강머리 형이 우리를 차례를 봤다.

"저는 퓨디파이 같은 유튜버요."

민재가 잠시의 망설임도 없이 말했다.

유튜버는 동영상 플랫폼인 유튜브에 정기적 또는 비정기적으로 동영상을 올리는 사람을 말한다. 민재의 꿈이 유튜버라니, 하마터면 코웃음을 칠 뻔했다. 요즘 대부분의 초등학생들이 유튜버가 되겠다고 야단이었다.

"쳇, 개나 소나 유튜버래. 너 공부하기 싫어서 그러지? 공부는 하기 싫고 그게 돈이 된다니까 놀면서 돈 좀 벌어볼까 해서. 너희 엄마가 그러라고 하시냐?"

내 말에 민재 얼굴이 굳어졌다. 하지만 이내 장난스런 얼굴로 돌아왔다.

"내 인생은 내가 주인인 것이고, 내가 주인이니 내가 결정하는 것이고! 엄마가 뭔 상관?"

민재의 당찬 한 마디에 나는 말문이 턱 막혔다. 아니 제대로 한 방 얻어맞은 느낌이었다. 나는 왜 민재가 자신의 꿈을 엄마에게 허락받아야 한다고 생각했을까? 왜 민재처럼 내 인생의 주인은 나라고 생각해 본 적이 없을까? 왜 엄마와 아빠의 삶을 내 삶과 떼어서 생각하지 못했을까.

"유튜버로 먹고살 수 있을까?"

"그럼, 잘 나가는 유튜브 동영상엔 광고가 붙거든. 시청자가 배너를 클릭하거나 영상 광고를 일정 시간 이상 시청하면 광고주가 비용을 지불하게 되지. 시청자가 자신이 좋아하는 유튜버에게 슈퍼챗을 통해

후원금을 내기도 하고. 재능만 있으면 먹고살기만 하겠냐. 갑부, 금수
저로 거듭나는 거지. 우리도 공연한 거 올리고 그래."

선우의 물음에 빨강머리 형이 대답했다.

"맞아요. 퓨디파이는 1년 수입이 180억이래요."

"퓨디파이가 뭐야?"

선우가 민재에게 물었다.

"퓨디파이를 모르나? 6,500백만 구독자를 보유한 스웨덴 출신 유
튜버다. 세계 1위다 아이가."

"6,500백이요? 와, 우리나라 인구보다 더 많네요."

선우 입이 딱 벌어졌다.

나도 퓨디파이의 방송을 본 적 있다. 헤드셋, 수염, 금발이 트레이
드마크라인 그는 호러게임을 주로 다루고 짤영상이라고 불리는 웃기
는 것들을 많이 올렸다. 실수를 그대로 방송한 것이 인기비결이라고
들 했다. 세상 사람들에게 자신의 실수를 그대로 드러낸다는 게 쉽지
만은 않을 텐데, 그래서 깔깔대며 신나게 보게 되기도 했다.

"하지만 모든 유튜버가 퓨디파이처럼 수익을 올리는 건 아냐. 그걸
직업으로 삼다간 대부분 굶어죽지. 뭐 어느 분야건 마찬가지겠지만.
그래서 활동은 많이 했냐? 수익은 좀 있어?"

빨강머리 형이 민재를 봤다.

"에이, 꿈이 그렇다는 거죠. 아직은 알 수준이에요. 바깥세상으로
나오지도 못한 알!"

"알? 하하, 비유 좋네. 유튜버에게 필요한 게 뭔지 아니? 아이디어와 끈기야. 장비는 크게 중요하지 않아. 스마트폰만 있어도 돼. 편집 프로그램 정도는 있어야겠지만."

"그라믄. 꾸준히 하는 기 중요하다. 유튜버 닉네임이 뭐꼬? 내가 구독해주께."

"아니에요. 그냥 초보라서…."

민재는 두 형을 향해 손사래를 치며 과자를 와자작 씹었다.

"어이, 노닥노닥 카페 죽돌이! 넌 꿈이 뭐야? 설마 카페 사장 뭐 이런 건 아니겠지?"

'카페 사장이 뭐 어때서요?'

목구멍까지 치민 말을 꿀꺽 삼켰다. 창피한 걸 들킨 것처럼 뭔가 알 수 없는 감정이 반항심을 꾹 눌렀다. 얼굴이 후끈거렸다. 밤이라 다행이다 싶었다.

"꿈이 뭐냐니까?"

"그딴 거 없거든요."

"에이, 카페 죽돌이라고 해서 삐졌냐? 말해 봐."

빨간머리 형이 내 어깨를 툭 치며 달래듯 웃었다.

"진짜 없어요. 그냥 그날그날 사는 거죠 뭐."

나는 몸을 뒤로 빼며 얼굴을 구겼다.

"영규 얘, 찍사 기질 있어요. 얼핏 봤는데 솜씨 짱 좋더라고요."

갑자기 민재가 소리쳤다.

"맞아요. 보기보단 감성이 풍부해서 우리랑 보는 눈이 좀 달라요."

선우까지 맞장구를 쳤다.

모두의 시선이 내게 쏠리자 얼굴이 후끈거렸다.

"오, 우리 죽돌이가 그렇단 말이지? 야, 그런데 찍사가 뭐냐? 싼티나게시리. 사진작가님, 좋잖아. 어디 좀 보자."

빨간머리 형이 나를 향해 손을 내밀었다. 나는 쑥스러워 몸을 뒤로 뺐다.

"줘봐. 사진작가의 싹수가 보이면 내가 너 기타 가르쳐 줄게."

형의 말이 솔깃해져서 핸드폰을 내밀었다. 형이 갤러리 화면을 터치하자 모두들 고개를 빼고 내 핸드폰을 봤다.

"와, 진짜 좋은데? 우리가 본 경포대랑 아주 다른 느낌이야. 무슨 이야기 같은 게 막 쏟아질 거 같은...."

"그렇죠? 감각이 남다르죠? 기질 있다니까요."

빨간머리 형의 말에 민재가 자랑하듯 어깨를 쫙 폈다.

"좋아, 기타 준비하고 날 잡아라. 장래 사진작가님한테 내가 시간 좀 내주지. 어이, 당찬 친구! 네 꿈은 뭐야?"

빨강머리 형이 내 등을 툭툭 친 후 선우를 봤다. 모두의 눈길이 다시 선우에게로 옮아갔다. '사진작가님'이란 말이 뭉클하게 다가왔다. 누군가 나를 달리 봐주는 거 같았다. 가슴속에서 뭔가 뜨거운 것이 기분 좋게 고물거리고 올라왔다.

나는 눈에 띄지 않게 심호흡을 하며 선우를 봤다. 선우는 바닥에 눈을 둔 채 말이 없었다. 그러다 천천히 고개를 들고 마침내 입을 열었다.

"홍해파리처럼 끝까지 살아남는 거요."

순간 정적이 찾아왔다. 마치 일시정지 버튼을 누른 것처럼 모든 것이 정지 상태였다. 과자를 집던 민재도, 맥주 캔을 입으로 가져가던 빨간머리 형도, 손가락을 까닥대며 혼자 리듬을 타던 초록머리 형도 그대로 동작을 멈췄다.

"야, 무슨 꿈이 그래? 끝까지 살아남는 게 꿈이라니, 너무 비참한 거 아냐?"

정적을 깬 건 빨강머리 형이었다.

"홍해파리? 오, 그거 불사신 해파리야?"

민재의 말에 일시정지 버튼이 풀리면서 여기저기서 웃음이 터졌다.

하지만 여전히 팽팽한 긴장감이 느껴졌다. 나도 숨을 죽인 채 선우의 다음 말을 기다렸다.

"이름 덕분에 많은 사람들이 이 생물을 해파리로 알고 있지만, 이 녀석은 사실 히드라 충강에 속해있는 동물이에요. 그러니까 해파리보다 히드라와 더 가까운 동물인 거죠. 불사신이냐는 민재 말이 어느 정도는 맞아요. 홍해파리는 지구상에 실존하는 불로장생의 존재라고 할 수 있거든요. 이탈리아 살렌토 반도 지중해에 사는 약 1cm 크기의 작은 해파리예요. 작은보호탑 해파리라고도 불리는데 자연사는 없다고 보면 돼요."

"오, 진짜? 놀랍네."

빨강머리 형이 과자 하나를 입에 넣으며 말했다.

"1994년 무렵에 홍해파리를 연구하던 이탈리아의 교수가 실수로 해파리를 수조에 넣고 방치했대요. 그러다 나중에 찾아가 보니 해파리 시체는 하나도 없고 새끼 해파리들이 있더래요. 그 사실에 놀란 교수는 그 후 5년간 약 4000마리의 홍해파리를 상대로 연구를 했는데 홍해파리는 수명이 다하면 죽는 게 아니라 번데기 같은 모양으로 변한 뒤 그 안에서 다시 세포가 만들어져서 48시간 이내에 어린 모습으로 되돌아가 다시 성장한대요. 그러니 자연사가 없는, 불로장생의 생명체라고 할 수 있죠."

선우는 차분한 목소리로 조근조근 설명을 했다.

"와, 니 말 엄청 잘하네. 그런데 그런 걸 다 우찌 외우노?"

"아! 그게.... 할머니가 호기심이 많으셔서 대답해 주느라 이것저것 찾아보다 보니 버릇이 됐나 봐요."

선우가 쑥스러운 듯 웃었다.

"할머니가 열정적인 분이신가 보다. 아직도 호기심이 많으신 걸 보면. 그런데 진짜 신기하네. 정말 그런 생물체가 존재한단 말이야?"

"호, 그럼 조만간 홍해파리로 불로장생의 비법을 알아내는 거 아냐?"

빨간머리 형의 말이 끝나자마자 민재가 소리쳤다.

"아쉽게도 늙어 죽지 않는다는 것뿐이지, 잡아먹히거나 수온이 바뀌면 죽는대. 만약 그래도 죽지 않으면 그건 불로장생이 아니라 불로 불사겠지. 저는 홍해파리의 그 끈질긴 생명력을 닮고 싶어요."

"오! 짜식 엄청 유식하네. 설명도 잘하고. 넌 이다음에 선생님이나 교수님 해라."

"아.... 그럴까요? 저도 제가 이렇게 말을 잘하는 줄 몰랐는데, 아무래도 계획을 수정해야 할 까 봐요."

"계획이 뭔데? 자살?"

민재가 툭 내뱉었다. 갑자기 분위기가 싸해졌다.

"야, 넌 어린 자식이 무슨 말을 그렇게 살벌하게 하냐? 홍해파리처럼 끝까지 살아남겠다는 애한테."

빨강머리 형이 민재의 머리를 툭 쳤다.

"아참, 농담도 못하겠네. 그냥 장난한 거예요. 야, 계획이 뭔데? 굉장한 계획이면 나도 좀 끼워주라."

민재가 선우의 팔을 흔들었다.

"아.... 굉장한 계획은 무슨.... 없어. 그냥……."

"그래, 홍해파리처럼 끝까지 살아남아라! 선우를 위해 건배!"

빨강머리 형이 캔을 높이 들었다. 그 바람에 '건배'를 외치며 모두들 잔을 들어 맞부딪혔다.

장단을 맞추듯 파도 소리가 쏴쏴 밀려왔다.

굼실대며 점점 뜨거워지는 분위기와 달리 나는 점점 아래로 가라앉는 기분이었다.

할머니의 호기심을 충족해 드리겠다고 이리저리 찾아 읽으며 지식을 쌓는 선우, 엄벙덤벙 생각 없는 녀석이라 여겼지만 나름의 방식으로 열심히 꿈을 꾸는 민재, 그들 사이에선 난 대체 뭔가. 아빠와 엄마에 대한 미움과 반항으로 아이처럼 빈둥대며 시간이나 축내는 나 자신이 한없이 초라하게 느껴졌다. 빈둥빈둥 놀면서 엄마 카페나 물려받아 편히 먹고 사는 게 꿈이라고 공공연히 떠들던 내 모습이 부끄럽고 창피했다.

연신 불어오는 시원한 바닷바람에도 얼굴이 뜨거웠다.

여행의 목적

참치에 김치까지 넣어 끓인 라면 맛은 그만이었다. 컵라면을 전자렌즈에 데운 것과는 비교할 수 없었다. 아침부터 땀까지 흘리며 국물까지 말끔히 먹어치웠다.

"이렇게 맛있는 아침은 내 생전 처음이야."

민재가 감격에 찬 얼굴로 말했다. 눈빛에 진심이 담겨 있었다. 선우도 고개를 끄덕이며 맞장구를 쳤다.

"맛있다니 대접한 나도 기뻐다. 우리랑 여기서 며칠 더 놀래? 그럼 이런 맛있는 라면 계속 끓여주지."

빨강머리 형이 말했다.

"와, 재밌겠어요."

순간 솔깃했다. 셋보다는 다섯이 더 재밌을 테고 잘하면 기타 연주도 해볼 수 있을지 모른다. 무엇보다 힘들게 걷지 않아도 될 것이다. 튜브 하나 빌려서 온종일 바다에 둥둥 떠다니며 실컷 놀 테니까.

"설거지하면서 상의해 봐. 여럿이 같이 놀면 좋잖아."

빨강 머리형은 이렇게 말하고 텐트 안으로 들어갔다.

우리는 그릇을 챙겨서 수돗가로 향했다.

"선우야, 어때? 여기서 바다가 질리도록 놀다가 돌아가는 거."

"안 돼!"

선우는 수세미로 냄비를 닦으며 짧게 말했다.

뜻밖의 단호함에 서운함을 지나 화가 치밀었다.

"왜 안 되는데? 더운데 이리저리 옮겨 다니느니 여기서 물놀이나 하면 좋지 뭘."

"네 맘은 아는데, 일정대로 하자. 우린 우리의 목적지가 있잖아. 마냥 시간을 보낼 수 있다면 모르지만 그런 것도 아니잖아."

"그냥 여기서 실컷 놀다 가면 되잖아. 추억이야 어디서 쌓든 무슨 상관이야. 안 그래?"

나는 슬슬 짜증이 났다. 이 더운 날 굳이 고생하며 길을 갈 필요가 뭔가 말이다.

선우는 입을 꼭 다물고 씻은 그릇을 헹구기만 했다.

"여행이란 게 계획했다 틀어지고 그럼 다시 방향을 바꾸고 하는 거지. 더 좋은 곳이 나타나면 그리로 가기도 하고, 아니다 싶으면 빼기도 하고, 그러다 아주 마음에 드는 곳이 나오면 눌러앉아 질릴 만큼

쉬기도 하고. 내 말이 틀렸냐?"

"영규야, 네 마음은 아는데…… 나를 위해 그냥 가주면 안 되겠니?"

선우의 표정이 간절했다. 그 간절함이 더 짜증스러웠다.

민재는 그 와중에도 핸드폰으로 동영상을 찍고 있었다.

"야, 넌 왜 자꾸 찍어? 찍어서 어디다 쓸라고? 초상권 침해라는 건 알지? 혹시라도 유튜브에 올리기만 해 봐."

짜증이 민재에게로 옮아갔다. 그제야 민재는 핸드폰을 끄고 우리 옆으로 다가왔다.

"나야 꼽사리 낀 처지라 발언권은 없겠지만 내 생각을 말한다면……."

민재의 말에 나랑 선우는 동시에 민재를 봤다. 꼽사리를 끼긴 했지만 어느 순간부터 민재는 우리의 길동무가 되었다. 둘이 팽팽히 의견이 맞선 상태에서 나머지 한 명의 의견은 중요할 수밖에 없었다.

우리들의 눈길이 동시에 머물자 민재가 헛기침을 하며 진지한 표정으로 다시 입을 열었다.

"흠흠, 나도 여기서 물놀이하며 실컷 놀고 싶긴 해. 그렇지만 여행이란 게 출발할 때 목적이 있었을 거잖아. 그렇다면 당장의 욕구를 뿌리치고 목적에 맞게 여행을 계속하는 것도 중요하다고 봐. 누군가에겐 그 목적이 아주 중요할 수도 있잖아."

민재는 말끝에 선우를 봤다. 눈길을 느낀 선우가 당황한 듯 눈을 슴벅거리더니 갑자기 얼굴을 다른 데로 돌렸다. 순간 가라앉으려던 짜증이 부글부글 끓어올랐다.

"그래, 네 말대로 넌 꼽사리 낀 거야. 그러니까 발언권 없어. 우리가 가는대로 따라가거나 내키지 않으면 네 갈 길 가면 돼."

"야, 그렇게 따지면 너도 마찬가지지. 이 여행은 선우가 추진했다며? 계획이며 경비며 모두. 넌 그냥 동행하는 것뿐이라며? 그럼 결정권은 선우에게 있는 거지."

이미 준비한 것처럼 좔좔 쏟아내는 민재의 말을 들으며 나는 입이 다물어졌다. 욱하고 감정이 솟구쳤지만 반박할 말이 없었다. 생각할수록 어느 것 하나 틀리지 않았다. 나는 그냥 동행자일 뿐이었다. 선우가 계획하고 준비하고 추진하는 여행에 그저 아무 수고로움이나 고민 없이 묻어가는 것뿐이었다.

"민재야, 그렇다고 말을 그렇게 삭막하게 하니? 영규가 동의하지 않았다면 난 감히 이 여행을 계획하지 못했을 거야. 그러니까 영규는 그냥 동행자가 아냐. 다만.... 언젠가는 영규가 말하는 그런 여행을 해도 좋지만 이번만큼은 계획대로 갔으면 좋겠다는 거야."

선우가 나랑 민재를 보며 조심스레 말했다.

민재는 어느새 선우의 든든한 우군이 되어 있었다. 그런 사실이 더 화났다. 친구를 뺏긴 거 같기도 하고 소외되는 느낌이기도 했다.

"그러니까 왜 꼭 그래야 하냐고?"

나는 짜증을 섞어 확 내질렀다. 한편으로 선우가 나를 외면하지 않을 거란 믿음도 있었다.

"나중에 내가 이유를 말해 줄게. 지금은 말할 수 없어."

"왜 나중에는 되고 지금은 안 되는데? 난 지금 알고 싶어. 나중에 말고!"

나는 목청을 높였다.

"그냥 좀 따라 하면 안 되냐? 넌 생긴 건 안 그렇게 생겼는데 왜 그렇게 배려심이 없냐?"

민재가 장난스레 툭 던졌다. 그 말이 내 비위를 더 상하게 했다.

"뭐라고? 네가 나를 얼마나 안다고 그따위로 말하는데?"

"너, 진짜 선우 친구 맞냐? 여태 지켜봤는데 넌 아주 이기적이야. 넌 친구 아픔도 모르지?"

민재의 말에 어이가 없었다. 말문이 막힌다는 말은 이럴 때 쓰는 말일 거다. 난데없이 불쑥 튀어나온 녀석이 친구 사이에 끼어 배려심이 없다느니 진짜 친구 맞냐느니 화도 났지만 자존심이 상했다.

재빨리 기억을 더듬었다. 요즘 이 둘의 행동에서 뭔가 비밀스러운 데가 있었던가? 아무리 기억을 재생해도 특별히 나를 빼고 둘이 얘기를 나눈 적은 없었다. 그런데도 뭔가 찜찜했다. 나만 빼고 둘이 뭔가 공유되는 기분이었다.

"둘이 나만 모르는 비밀 공유했냐?"

말하면서 선우와 민재의 행동을 주시했다. 혹시 둘이 신호를 주고받을지 모르니까.

선우의 얼굴이 일그러졌다. 억울한 표정이 역력했다. 그걸로 대답은 충분했다.

"그럼 뭔데?"

"그냥 계획대로 하자는 거야. 다른 거 없어. 아무것도."

민재를 봤다. 민재는 그냥 어깨를 으쓱할 뿐 더 이상 아무 말도 하지 않았다.

튜브나 빌려 바다 위를 둥둥 떠다니고 싶던 마음이 확 달아나버렸다.

"그래, 가자. 가! 짐 싸서 가자고!"

나는 바닥을 쿵쿵 차며 앞장서 걸었다.

선우가 말끔히 씻은 설거지 그릇을 텐트 그늘막 한쪽으로 놓았다.

형들은 텐트에 누워 다시 잠이 든 모양이었다.

우리가 배낭을 메고 나서자 빨강머리 형이 고개를 들었다.

"그냥 가게? 아쉽네. 그래 그럼, 재밌게 보내고 나중에 노닥노닥 카페에서 보자."

형이 웃으며 손을 흔들었다. 초록머리 형도 손을 흔들었다.

선우랑 민재가 앞장서고 나는 터벅터벅 뒤따랐다.

선우가 수첩을 꺼내 방향을 찾았다. 한 5분 걸으니 버스 정류장이 나왔다.

시간을 맞춰서 나왔는지 금세 버스가 왔다. 평일이라 그런지 자리가 많았다. 나는 선우가 앉은자리를 지나쳐 뒤쪽에 앉았다.

"영규야, 내려."

핸드폰을 들여다보고 있는데 선우 목소리가 날아왔다.

'벌써?'

아쉬운 표정으로 고개를 들자 민재가 해맑은 표정으로 어서 나오라는 손짓을 했다.

버스에서 내려 넓은 공터를 걷자 '정동심곡바다부채길'이란 안내판이 나왔다.

선우가 매표소로 향하자 민재도 쪼르르 따라갔다.

표를 끊고 나온 선우가 안내판을 들여다봤다.

> 정동심곡 바다부채길은 일출명소인 강릉 정동진에서 심곡항을 연결하는 탐방로다. '정동'은 임금이 거처하는 한양에서 정방향으로 동쪽에 있다는 뜻에서 유래했다. '심곡'은 깊은 골짜기 안에 있는 마을이란 뜻이다. '바다부채길'이라는 이름은 강릉 출신 소설가 이순원이 지었다. 정동진의 부채 끝 지형과 탐방로가 위치한 지형이 바다를 향해 부채를 펼쳐 놓은 모양과 같아서 '정동심곡 바다부채길'이 됐다.

선우는 마치 누군가에게 들려주듯 안내판을 하나하나를 소리 내어 읽었다. 때문에 나랑 민재는 따로 읽어볼 필요도 없었다. 그냥 듣기만 하면 되었다.

아줌마 두 분이 잘 들었다며 선우를 향해 웃으며 손을 흔들고 지나갔다. 선우가 꾸벅 인사하며 마주 웃었다. 그런 선우의 모습, 진짜 낯설었다. 내가 아는 선우는 튀는 걸 싫어했다. 되도록 사람들 눈에 안 띄고 싶어 했다. 사람들 시선 신경 쓰지 않고 큰 소리로 안내판을 읽는 아이가 절대 아니었다. 몇 달 사이 저렇게 바뀔 수가 있을까?

'혹시 유학 스트레스일까?'

어쩌면 한국을 떠나 낯선 곳으로 가야 한다는 부담감이 선우를 극단으로 몰라가는지도 모른단 생각이 들었다. 그러자 선우가 다시 안쓰럽게 느껴졌다.

하지만 사람들을 따라 나무계단을 올라가는 선우는 아주 씩씩해 보였다.

'그래, 그랜드마마보이가 할머니를 두고 유학을 가자니 얼마나 마음이 무겁겠어. 저 녀석 성격에 정상적인 게 이상한 거지. 나라도 마음 편하게 해주자.'

나는 뚜벅뚜벅 걸어가서 선우의 어깨에 팔을 얹었다. 선우는 내가 좋아하는 그 순한 웃음을 날리며 앞쪽을 눈짓했다. 탁 트인 바다가 눈앞으로 성큼 다가왔다.

시원한 바람이 가슴팍으로 파고들었다.

"야호~."

난데없이 민재가 손나팔을 한 채 바다를 향해 소리를 내질렀다.

"야호~"

선우랑 나도 합창하듯 바다를 향해 소리쳤다. 몇 안 되는 사람들이 돌아보며 웃었지만 부끄럽지 않았다. 이게 '함께'의 힘인 모양이다.

바닷가를 따라 난 부채길은 해안선을 따라 구불구불 휘돌아서 천천히 산책하기 좋았다.

사람들이 띄엄띄엄 걸으며 사진을 찍기도 하고 바다를 바라보기도 했다.

파도에 깎이고 다듬어진 바위들은 거북이, 두꺼비, 투구, 배 등 여러 모양을 펼쳐 보였다.

"호, 선우 덕분에 이렇게 멋진 곳도 와 보네. 나 이런 곳 처음 와봐."

민재가 바다를 향해 두 팔 쫙 뻗으며 말했다.

"나도 그래. 이곳은 2,300만 년 전 지각변동을 관찰할 수 있는 국내 유일의 해안단구래. 그래서 천연기념물로 지정되었는데 국내에서 최고 긴 해안단구래."

"해안단구? 그게 뭐야?"

민재가 물었다. 가만 보면 민재도 호기심이 많은 편이다. 뭐지? 내가 궁금해할라치면 민재가 납죽 나서서 물으니 나는 굳이 입을 벌릴 필요도 없다.

"해안단구는 파도에 깎여 평평해진 해안이 땅 표면이 들뜨면서 솟아올라 형성된 지형을 말해. 우리나라의 지질구조 발달과 퇴적환경, 지각운동, 해수의 침식작용 같은 걸 연구하는데 중요한 자료가 되는 곳이래."

"어렵다. 뭐 어쨌든 연구자들에겐 엄청 중요한 곳인 거네. 와! 발 밑으로 파도가 쳐!"

민재가 발아래를 내려다보며 소리쳤다.

철다리 사이로 출렁이는 바다가 보였다. 파도가 들이칠 때마다 튀어 오른 물방울이 금방이라도 철다리 사이로 솟구쳐 오를 거 같았다.

"이곳 지형이 하늘에서 보면 동해를 향해 펼쳐놓은 부채처럼 생겼대."

선우가 말했다.

때마침 부채바위라는 안내판이 나오고 바다를 향해 부채모양으로 돌출된 바위가 보였다. 우리는 산책로를 따라 부채바위로 향했다.

"호, 의자다! 다리 아프다. 좀 앉자."

민재가 쪼르르 달려가 앉았다. 발바닥에 불이 나는 거 같아 나도 민재 옆에 앉았다. 선우가 내 옆으로 앉았다.

민재는 다시 벌떡 일어나 배낭을 벗어놓고 핸드폰을 꺼내 들었다. 사진으로 찍기도 하고 동영상으로 촬영하기도 했다.

"이 부채바위에 전설이 있대. 200여 년 전에 이 씨 성을 가진 할아버지의 꿈에 예쁜 여자가 나타나서 함경도 길주에서 왔다면서 '내가 심곡과 정동진 사이에 있는 부채바위 근처를 떠내려가고 있으니 구해 주시오.'라고 했대."

선우의 이야기 들려주기가 다시 시작되었다.

"그 할아버지가 다음날 새벽에 배를 타고 나가 보니 부채바위 끝에 나무 궤짝 하나가 걸려있어 열어보니 여자의 얼굴이 그려진 그림이 있더래. 그래서 그림을 부채바위에 안전하게 모셔놨대. 그 후로 그 할아버지는 하는 일마다 잘되었대. 그리고 얼마 후 꿈에 그 여자가 다시 나타나 외롭다고 해서 서낭당을 짓고 거기에 모셨대."

"호, 신기하네. 나한테도 나타났으면 좋겠다. 그럼 퓨디파이 같은 유튜버 되게 해달라고 빌 텐데."

민재가 입맛을 쩝쩝 다시며 부채바위를 봤다.

나는 서낭당은 어디쯤에 지었을까를 생각하며 주변을 둘러봤다. 그때 바람을 따라 달달한 커피 향이 코를 간질였다. 커피 향을 쫓아 고개를 돌리는데 민재도 침을 꼴딱거리며 조금 떨어진 곳에 앉은 아저씨를 보고 있었다.

"왜? 한 모금 줄까?"

아저씨가 한 모금 마시다 말고 우리를 향해 물었다.

"아! 그럼 너무 감사하겠습니다!"

민재는 순식간에 아저씨 앞으로 달려가 두 손을 내밀었다. 그 바람에 나랑 선우도 아저씨 쪽으로 걸음을 옮겼다.

아저씨가 커피를 한 잔 가득 따라 민재에게 내밀었다.

"친구니까 같이 마셔도 되잖아. 종이컵을 쓰면 환경오염 땜에 말이야."

민재가 한 모금 마시고 나에게 내밀었다. 나는 한 모금 마시고 선우에게 넘겼다. 달달하고 시원한 커피 한 모금에 피곤이 싹 풀리는 기분이었다.

"친구들끼리 도보여행 중인가 보네. 좋을 때다."

"아저씨도 도보여행 중이세요?"

민재가 물었다.

"그렇게 거창한 건 아니지만.... 뭐 그렇다고 볼 수 있지."

아저씨가 생각에 잠긴 듯 눈을 가늘게 떴다가 고개를 끄덕이며 말했다.

"너희들 국토 순례 해봤냐?"

아저씨의 물음에 우리 모두는 고개를 저었다.

"저런, 10대에는 그게 좋은데. 국토 순례단 같은데 들어서 걸으며 전국일주를 하면 좋아. 20대에는 자전거로 다시 전국일주를 하고, 30대에는 자동차로 달리는 거지. 적어도 이렇게 세 번은 돌아야 우리나라를 좀 봤다, 할 수 있지."

아저씨의 말에 내가 선우를 봤다. 동시에 선우도 나를 봤다. 우리는 마주 보고 눈으로 웃다가 마침내 참지 못하고 크하하, 웃어댔다.

"뭐야? 이 반응은?"

"아저씨, 심한 노안이세요? 우리 눈에는 아무리 봐도 아저씨가 30대로 보이는걸요."

민재가 깔깔대며 말했다.

그제야 아저씨가 어깨를 으쓱했다.

"10대에 할 도보여행을 왜 30대에 하냐는 비웃음이냐?"

아저씨가 눈을 가늘게 뜨고 장난스레 우리를 째려봤다.

"내가 그리 못했기 때문에 딱 봐도 10대인 너희들에게 조언을 해주는 거잖아. 하긴 생각해 보니 조언할 처지가 못 되긴 하네. 너희는 내가 못한 걸 이미 하고 있으니까. 그런데 이왕이면 국토순례를 하면 더 좋은데. 그래도 방학을 이용해서 동해 일주도 좋지."

"혼자 하면 심심하지 않으세요?"

선우가 물었다.

"편하고 좋아. 사실 여행카페에서 동지를 구해서 같이 하기로 했는데 갑자기 일이 생겨 못 온대. 결국 나 혼자하게 된 거지. 저쪽에서 오는 걸 보니 심곡항 쪽에서 출발했나 보구나. 나는 정동진 쪽에서 왔는데."

"여기 보고 동해로 이동할 거거든요. 버스 타려면 심곡항에서 정동진 쪽으로 움직이는 게 낫다더라고요."

"그렇지. 텐트로 야영하나 보구나. 아! 부러운 청춘이로다~."

아저씨가 선우의 어깨에 멘 텐트를 보며 말했다.

우리는 인사를 하고 일어섰다.

"아저씨, 이 근처에 먹을 거 파는 데 없어요?"

민재가 배를 쓸며 물었다.

"부채길 끝까지 가면 썬크루즈 호텔이 있어. 거기 편의점도 있고 빵가게도 있지. 입장료가 있긴 한데 조각공원이나 전망대도 볼만해. 스카이라운지나 레스토랑 이용하면 입장료를 50% 할인해 주고. 구경할 만할 거야. 즐거운 시간 보내라."

아저씨가 우리를 향해 손을 흔들었다.

한참을 걷다 보니 산책로가 끊기고 해변 길로 이어졌다. 해변 길이 끝나고 산으로 향하는 나무계단이 이어졌다. 계단을 오르고 또 올라 드디어 부채길이 끝났다.

"호, 거대한 배가 산꼭대기에 올라앉아 있네. 저게 아저씨가 말한 썬크루즈 호텔인가 봐. 저거 텔레비전에서 봤는데."

민재가 흥분해서 소리쳤다.

민재가 소리칠 만했다. 거대한 배 모양의 호텔은 보는 것만으로도 가슴이 벌렁거렸다. 그러고 보니 나도 텔레비전에서 본 기억이 났다. 호텔 앞마당은 엄청나게 넓었고 호텔을 향해 뻗은 길 양쪽에는 여신 모양의 하얀 조각상들이 늘어서 있었다.

"배 많이 고파? 좀 참았다 역 근처에 가서 밥 먹자. 입장료가 너무 비싸."

선우가 매표소 앞에서 심각한 얼굴로 말했다.

"야, 들어가자. 이렇게 멋진 곳을 그냥 지나치는 건 여행자로의 예가 아니지. 입장료랑 편의점표 간식은 내가 살게. 여태 네가 다 냈잖아."

나는 전사처럼 씩씩하게 매표소로 향했다.

벌써 내일이면 여행 마지막 날이다. 그러니 가져온 비상금을 쓸 일도 없을 거 같았다. 나는 입장권 세 장을 끊어서 당당하게 호텔 안으로 들어갔다.

10
___

낯선 동행

호텔 로비로 들어서자 펄펄 끓는 사막에서 시원한 냉장고 속으로 들어온 기분이었다.

썬크루즈 호텔답게 로비 곳곳에는 커다란 배 모형이 진열되어 있었다.

민재가 배고프다고 아우성쳐서 지하 편의점으로 향했다.

컵라면은 없고 그냥 라면과 과자 같은 것들뿐이라 음료수랑 과자 몇 개를 사서 조각공원으로 갔다. '축복의 손'이라는 거대한 손 조각상을 지나 사람들 눈에 안 띄는 구석진 곳에 앉아 과자를 먹었다. 관광차 들리는 사람도 많은지 여행 차림의 사람들이 구석구석 사진을 찍었다. 테마공원까지 둘러보자 발바닥이 찢어질 듯 아팠다.

"여기 들어오기 정말 잘한 거 같아. 이 호텔이 CNN방송에서 꼭 가

봐야 할 신기한 호텔로 선정된 곳이래. 영규야, 네 선택 베리 굿~."

민재가 나를 향해 엄지를 치켰다.

"넌 눈이 네 개냐? 그런 건 또 언제 봤대. 히히, 칭찬 들으니 기분이 좋긴 하네."

나도 모르게 어깨가 쑤욱 올라갔다.

건둥건둥 보며 휙휙 지나치는 거 같은데 자신이 필요한 건 다 보는 민재가 신기했다.

"어우, 그런데 쪄죽게 덥네. 영규야, 이왕 쓴 거 여기도 가보면 안 되냐? 아까 로비에서 봤는데 여기 360도 회전한대. 전망 끝내줄 거 같지 않아?"

민재가 입장권 끊을 때 받은 할인쿠폰을 내보였다. 민재의 손가락은 스카이라운지(커피숍)를 가리켰다.

"회전하는 스카이라운지? 그리 멋진 곳을 안 보면 억울하지. 가자! 핸드폰도 빵빵하게 충전하고."

호탕하게 내질렀지만 막상 올라가니 가격이 어마어마했다.

"여기 들어가면 아까 낸 입장료 50% 돌려준대."

눈치 빠른 민재가 벙실거리며 말했다.

그 말이 내 발목을 잡아 기어이 스카이라운지로 들어갔다. 창가에 앉으니 바다가 훤히 내려다보이는 것이 전망이 정말 좋았다.

"여기 1인 1주문이래."

메뉴판을 들여다보던 선우가 몸을 일으켰다.

"야, 그냥 앉아. 음료 같은 거 시키면 되잖아. 우리 셋이 언제 여기 또 앉아 보겠냐."

목구멍까지 올라온 '유학'은 꿀꺽 삼켰다.

우리는 아이스크림 두 개랑 음료수 한 잔을 시켰다.

"호, 이거 진짜 돌아간다. 신기해!"

민재가 창밖을 보며 낮게 소리쳤다. 천천히 돌아가서 딴 곳을 볼 때는 모르겠는데 창밖을 뚫어져라 보고 있으니 움직이는 게 느껴졌다.

우리는 콘센트를 찾아 핸드폰을 충전시켜 놓고 조금씩 바뀌는 바깥 풍경을 입을 벌린 채 바라봤다. 아이스크림은 조금씩 아껴서 떠먹었다.

"너네, 그거 아냐? 소년범의 90%가 엄마가 없다는 거."

민재가 불쑥 내뱉었다. 나도 모르게 선우에게로 눈이 갔다. 선우는 말없이 아이스크림만 떠먹었다.

"야, 네가 그런 걸 어떻게 알아? 너, 소년원에 다녀왔냐?"

나는 괜스레 가슴이 벌렁거렸다.

어쩌면 찝찝했던 첫인상이 맞을지도 몰랐다. 민재 말대로 선우처럼 엄마가 없어도 바르게 잘살고 있는 10%가 있듯 엄마랑 함께 사는 민재도 얼마든지 소년범일 가능성이 있었다.

"나, 그런 애 아니거든. 네 선입견은 도무지 바뀔 줄 모르는 거냐? 사흘이나 함께 먹고 잤으면서 아직도 나를 불량소년으로 생각하네. 섭섭하다."

"그러는 넌 선우 앞에서 무슨 그따위 말을 하는데? 선우가 할머니랑 사는 거 다 알면서!"

그제야 민재는 눈을 동그랗게 뜨고 선우를 봤다.

"아! 미안. 난 선우랑은 연결을 못 시켰어. 선우야 뭐 법 없이도 살 애니까."

민재는 민망한지 전망대 다녀온다며 핸드폰을 들고나갔다.

선우까지 화장실 간다며 자리를 비우자 나는 핸드폰을 열었다. 제때 연락을 하지 않으면 난리 칠 엄마 얼굴이 떠올랐기 때문이다.

> 잘 지내고 있음. 지금, 정동진 부채길~.

엄마가 보낸 문자는 읽지도 않고 짧게 적어서 날렸다. 엄마 글이야 읽으나 마나 뻔한 내용들일 테니까.

"오, 와이파이가 터지네."

횡재한 기분이었다. 이달 치 무료 데이터가 얼마 안 남아서 그동안 인터넷도 못 들어갔다. 얼마 안 남은 데이터는 선우 말대로 비상시를 위해 아껴두어야 할 거 같아 꾹 참는 중이었다. 서둘러 인터넷을 열었다. 웹툰 몇 개를 보다가 지루해서 유튜브로 들어갔다. 재밌는 동영상들이 하루에도 수없이 올라온다. 보고 있으면 시간 가는 줄 모를 만큼 재밌는 것들이 많다.

'핫' 동영상을 클릭했다. 일정 기간에 조회 수가 눈에 띄게 높아져서 주목받는 동영상을 모아놓은 거였다.

몇 개를 보다 '낯선 동행7'이란 제목의 동영상을 클릭했다. 동영상 속에는 배낭을 멘 두 아이가 바닷가를 걸어가는 모습이었다. 그들의 뒷모습을 비추던 화면은 다시 주변 풍경으로 옮겨갔다. 풍경 위로 자막이 나왔다.

　이들과의 낯선 동행은 아직도 진행 중~
　도대체 그는 유골함을 메고 어디로 가는 것일까?

자막이 끝나자 화면은 다시 두 아이 중 한 아이의 배낭을 크게 클로즈업하면서 영상은 끝이 났다. 2분짜리 짧은 동영상이었다.

그런데 그 배낭이 어딘가 낯이 익었다. 분명 어디서 많이 본 가방이었다.

나는 동영상 재생을 눌러서 배낭 클로즈업 부분에서 영상을 멈췄다. 확실히 낯이 익었다.

'저걸 어디서 봤지?'

나는 기억을 더듬느라 허공을 봤다. 그때 맞은편 의자에 놓인 배낭이 눈에 들어왔다. 방금 영상 속에서 본 배낭과 똑같은 배낭이었다. 순간 머릿속으로 전류가 관통하듯 찌릿 거렸다.

'설마?'

나는 동영상 재생 버튼을 다시 눌렀다. 화면에 나타난 두 아이의 뒷모습을 유심히 봤다. 아이들의 머리, 옷…… 분명 나랑 선우였다. 뒷덜미가 곤두서면서 팔에 소름이 돋았다.

영상에 달린 댓글로 눈이 갔다. 다른 영상에 비해 조회 수는 낮아도 댓글은 엄청 많았다.

'유골함이라니, 이게 다 무슨 소리야?'

나는 랙 걸린 컴퓨터 마냥 머릿속이 정지 상태였다. 아무것도 생각할 수가 없었다.

마침내 정신이 들자 동영상 제작자를 봤다. '퓨디'였다. '낯선 동행 7'이라면 앞서 올린 영상이 더 있을 터였다.

나는 퓨디란 사람이 올린 동영상을 검색했다. 꾸준히 올렸는지 작업한 것이 꽤 되었다.

'낯선 동행1'이란 제목의 영상을 클릭했다.

영상은 경포대였다. 경포대 누각에서 바라본 경포호가 담겼다. 다시 누각에 앉아 멀리 경포호를 바라보고 있는 나와 선우의 뒷모습을 비쳤다. 그 아래로 자막이 흘러나왔다.

우연히 동행한 그들과의 낯선 여행~

과연 그들은 어떤 사연을 품고 있을까?

자막이 끝나자 카메라는 선우의 뒷모습만을 클로즈업하면서 30초의 짧은 영상이 끝났다. 2편, 3편, 4편을 차례로 보다가 5편에서 손이 부들부들 떨렸다.

화면은 선우의 배낭이 열리고 그 속을 비쳤다. 배낭 속의 노란 보자기를 클로즈업했다. 이내 보자기를 가리키는 자막이 나왔다.

유골함!

자막을 읽으며 나는 핸드폰을 끄고, 후들거리는 다리에 힘을 준 채 맞은편에 있는 선우의 배낭으로 향했다. 조심스레 배낭을 열었다. 손이 덜덜 떨렸다. 지퍼를 열고 옷가지를 헤치자 화면 속에서 본 노란 보자기로 싼 상자가 눈에 들어왔다. 숨이 막혔다. 보자기를 열고 안을 보고 싶었지만 용기가 나지 않았다.

떨리는 마음을 진정시키며 배낭 지퍼를 닫고 겨우 자리에 다시 앉았다.

선우가 배낭을 보물처럼 조심히 다루던 모습이 떠올랐다. 민재가 툭하면 핸드폰으로 찍어대던 모습도 떠올랐다.

"저는 퓨디파이 같은 유튜버요."

민재의 말이 메아리처럼 머릿속을 울렸다. 닉네임 '퓨디'는 퓨디파이에서 따온 게 분명했다. 정동진 해변에서 형들과 더 놀자고 했을 때 민재가 선우 편을 든 이유가 이거였구나 싶었다. 입술이 앙다물어졌다. 하지만 이내 선우의 배낭으로 눈이 갔다.

'도대체 누구 유골함일까?'

순간 선우의 할머니가 떠올랐다. 한 번도 본 적은 없었다.

'아냐, 그럴 리 없어. 돌아가셨다고 한 적 없잖아.'

나는 세차게 고개를 저었다.

지난번 배낭을 잃어버렸다고 생각했을 때의 일이 떠올랐다. 할머니를 부르짖으며 울던 선우. 그리고 보니 선우는 여행 중에 한 번도 할머니에게 전화를 하지 않았다. 우리 카페에서 알바를 할 때도 선우는 집으로 가기 전에 꼭 할머니한테 전화를 걸었다. 그런데 멀리 나왔으면서 한 번도 전화를 안 한 것이다.

"와, 전망대도 끝내준다."

민재의 통통 튀는 목소리가 다가왔다.

고개를 돌리니 민재랑 선우가 웃으며 걸어왔다.

"무슨 일 있었어? 표정이 왜 그래?"

민재가 컵에 남은 냉수를 벌컥벌컥 마시고 나서 물었다. 역시 눈치 백 단인 녀석이다. 선우의 배낭에 유골함이 들었다는 걸 알면서도 여태 모른 척 연극을 하다니. 그러고도 아무렇지 않게 동행하며 우리를 찍어서 인터넷에 올리다니. 역시 내 눈이 정확했다. 자기밖에 모르는 엉큼한 녀석!

'너, 도대체 그 유골함 뭐냐?'

선우에게 곧장 직구를 날릴까?

'이 자식아, 이런 걸 왜 찍어서 올렸어?'

민재 자식의 멱살을 잡고 바닥으로 내동댕이칠까.

마음속에서 수만 가지 생각이 엇갈리며 오갔다.

"그만 나가자. 추암해변까지 가려면 버스를 여러 번 갈아타야 해서 시간이 꽤 걸릴 거야. 여긴 배차 시간이 길어서 한 대 놓치면 한참 기다려야 해."

남은 음료를 말끔히 비우고 선우가 일어섰다. 민재도 따라 일어났다.

나는 후들거리는 다리를 진정시키느라 입술을 앙다물며 천천히 그들을 뒤따랐다.

셋째 날

11
——

진실

호텔 입구에서 민재가 다시 핸드폰을 꺼냈다.

각도를 달리하면서 호텔 전경을 담는 모습을 보자 머릿속이 핑 돌
았다.

"퓨디?"

날카로운 내 목소리에 민재는 배터리 나간 로봇처럼 핸드폰을 든
채 꼼짝하지 않았다. 그러다 천천히 나를 돌아봤다. 민재의 눈이 조
금씩 커졌다.

"네가.... 퓨디를 어떻게 알아?"

민재는 나쁜 짓 하다 들킨 아이처럼 목소리가 움츠러들었다.

"언제까지 몰래 찍어서 올릴 작정이냐?"

"어, 저, 영규야, 그게……."

민재가 당황해서 내 팔을 잡았다. 나는 말없이 선우 쪽으로 몸을 돌렸다.

"그 배낭에 든 거 진짜 유골함 맞아?"

내 말에 선우의 얼굴이 하얘졌다. 놀람인지 당황인지 모를 그 표정을 본 순간 아니기를 바랐지만 유골함이 맞구나 직감했다. 다리가 후들거려 서 있을 수가 없었다.

나는 호텔 입구 돌계단에 아무렇게나 주저앉았다.

"어떻게 알았어?"

선우는 목소리도 얼굴 표정도 담담했다. 마치 이미 예견한 것처럼. 아니면 들통났으니 모든 걸 포기해 버린 것일까. 하지만 나는 선우의 뻔뻔함에 화가 났다.

"지금 그게 중요해? 도대체 누구 유골함인데? 설마⋯⋯."

나는 뒷말을 꿀꺽 삼켰다. 목구멍에 탁 걸려서 나오지 않았다.

"맞아. 우리 할머니, 돌아가셨어. 얼마 전에."

뜻밖에도 선우의 목소리는 여전히 담담했다.

혹시나 했는데 막상 선우 입으로 듣고 나니 힘이 쫙 빠졌다. 단둘이 살다가 할머니마저 돌아가셨으니 선우가 얼마나 힘들까, 찌르르 가슴 한쪽이 아렸다.

'그럼 혼자 장례를 치른 것일까?'

'유골함은 왜 배낭에 넣고 다니는 것일까?'

궁금한 게 많았지만 입이 떨어지지 않았다. 어쩌면 선우는 지금 혼자 낭떠러지에 끝에 내몰린 기분일 거 같단 생각이 들었다. 하지만 그렇다고 유골함을 배낭에 넣고 여행을 한다는 사실이 이해되는 건 아니었다. 미치지 않고서야 어찌 이런 생각을 할 수가 있을까 싶었다.

"지금 네 마음이 어떨지 다 안다고는 할 수 없어. 하지만 이건 아니지. 어떻게 할머니 유골함을 배낭에 넣고 다닐 생각을 해? 도대체 왜 그런 거야?"

나는 최대한 부드럽게 말하려 애썼다.

민재 역시 몹시 궁금했던지 선우 옆으로 다가섰다. 하지만 선우는 천천히 엉덩이를 바닥에 붙이고 앉아 말없이 건너편만 멍하니 봤다. 대답을 기다리며 두 발을 쭉 뻗는데 먼지투성이의 신발이 눈에 들어왔다.

아빠는 두 번째 보건봉사를 가면서 특별히 올로쉬파의 신발 한 켤레를 사고 다른 아이들을 위해 헌 신발들을 잔뜩 모아서 갔다. 케냐에는 붉은 화산토가 많아서 맨발로 생활하는 그곳 아이들은 늘 상피병에 노출되어 있다고 했다. 상피병에 걸리게 되면 발이 코끼리 피부처럼 단단하고 두꺼워져서 걷기가 힘들어진단다. 그 때문에 아빠는 보건봉사를 가면서 특별히 신발을 준비해 간 것이다. 하지만 '매일 행복하라'는 뜻의 이름을 가진 소년 올로쉬파는 그 신발을 한번 신어 보지도 못하고 죽었다. 맨발로 할머니의 심부름을 가다가 전갈에 물렸는데 해독제가 없어 결국 숨졌다는 것이다. 아빠는 그 아이와 찍은 사진을 보며 오랫동안 아파했다. 어쩌면 아빠는 그때부터 외국 보건소 파견 준비를 했는지도 모른다. 갑자기 영어공부를 시작했고, 한국어교원자격증을 딴다며 인터넷 강의를 들었다. 아빠가 바빠진 만큼 나와 함께 하는 시간은 줄었고, 내 불만은 쌓여갔다.

민재가 돌멩이를 툭 찼다. 그제야 나는 고개를 들고 선우를 다시 봤다.

"바다에 뿌리려고 그런 거냐?"

선우가 고개를 저었다.

"우리 할머니 활동적이라고 내가 얘기했지? 여행하는 걸 엄청 좋아하셨대. 그런데 나 맡아 키우면서부터 한 번도 여행을 못 하셨어. 나더러 성공해서 돈 벌면 국내랑 외국이랑 여행 실컷 보내달라고 하셨지. 하지만 그전에 취직하면 젤 먼저 둘이 할머니 고향부터 가자고 하셨어."

"할머니 고향이 어딘데?"

"삼척. 좀 자라서는 강릉 쪽으로 이사했대. 그런데 취직할 때까지는 너무 긴 시간이잖아. 할머니 연세가 많으시니까. 그때는 너무 늦을 거 같아서 너도 알다시피 그동안 할머니 몰래 알바를 해서 돈을 조금씩 모았어. 그런데 몇 달 전 할머니가 사고를 당하신 거야. 밤인데다 CCTV도 없는 곳이라 범인도 못 찾았어."

"뺑소니였어? 저런 못된 새끼!"

민재가 목청을 높였다. 그 바람에 나도 선우도 민재를 봤다. 민재는 선우 옆에 앉아 얼굴을 있는 대로 구기고 있었다.

"할머니와의 약속을 지키고 싶었어. 할머니를 위해 내가 할 수 있는 건 그것뿐이었으니까."

선우의 목소리가 쿨렁거렸다.

뭔가 힘이 되는 말을 해주고 싶은데 아무 생각도 나지 않았다. 민재도 입을 꾹 다문 채 말이 없었다.

"영규야, 어쨌든 미리 말 안 한 거 미안해. 말할 용기가 안 났어. 그런데…. 내가 유골함 얘기를 미리 했어도 네가 함께 여행했을까?"

"그럼, 당연하지."

나는 두 번 생각 않고 단호히 말했다.

"정말 그랬을까? 넌 분명 내 마음을 이해할 거야. 하지만 이해하는 거랑 몸으로 느끼는 건 달라. 누군가의 유골과 함께 여행한다는 거, 결코 쉬운 거 아냐."

선우가 눈을 멀리 둔 채 말했다.

'정말 그랬을까?'

나 자신에게 물었다.

유골함과 함께 하는 여행, 내 할머니 유골이라도 좀 으스스할 거 같긴 했다. 생각해 보니 어떤 대답을 했을지 확신이 서지 않았다.

"아마 선뜻 나서기 쉽지 않았을 거야. 나라도 그랬을 테니까. 그런데 너한테 거절당하면 나 혼자 이 여행을 시작할 용기가 안 날 거 같았어. 끝까지 해낼 자신도 없었고."

선우가 고개를 떨어뜨렸다.

이상하게도 선우의 말에 내 마음이 덥혀지면서 속이 꽉 차오는 느낌이었다. 누군가에게 힘이 된다는 것이 이런 기분이구나, 그건 또 다른 기쁨이었다.

타국으로 떠난 아빠도 이런 마음 때문이었을까?

"그리고 또.... 우리 할머니가 너 많이 보고 싶어 했거든. 늦게라도 보여주고 싶었어."

"나를?"

나는 뜨끔했다. 죽은 사람이 보고 싶어 했었다는 말은 그다지 달갑지 않았다.

"우리 2학년 때 자주 붙어 다녔잖아. 내가 네 이름을 달고 살았나봐. 너 보고 싶다고, 집에 한번 데려오라고 하셨어. 그런데 내가 내일, 내일 미루다 끝내..... 언젠가 기회가 있을 거라고 생각했어."

"그때 왜 안 데려갔는데? 말했으면 갔을 텐데."

"지하의 어두컴컴한 우리 집이 창피했어. 밝고 환하고 깨끗하고 넓은 너희 집을 다녀온 뒤로는 더욱. 그래서 너한테 가자고할 용기가 안 났어. 그깟 창피한 게 뭐라고…….."

선우가 입술을 앙다물었다.

"그럴 수 있지. 친한 친구라도 보여주고 싶지 않은 게 있는 거잖아."

낮고 진지한 목소리에 나도 선우도 고개를 돌려 민재를 봤다. 눈이 마주치자 민재는 반대편으로 고개를 돌렸다. 잠깐 마주친 눈이 어두웠다. 순간 민재도 뭔가 감추고 싶은 게 있구나 싶었다.

"고맙다 민재야. 그리 말해주니 위로가 된다."

선우가 민재 어깨에 손을 얹었다.

"그런데 영규야, 넌 어떻게 안 거야? 내 배낭 열어봤어?"

선우가 나를 봤다. 나는 민재를 봤다. 민재는 나와 선우를 번갈아
봤다.

"네 입으로 말하는 게 어때?"

내가 민재를 째려봤다. 민재는 한숨을 쉬더니 천천히 입을 열었다.

"그게.... 사실은 네가 하도 배낭을 애지중지하기에 뭐가 들었나,
궁금해서 열어봤었어. 그리고 너희 둘의 여행 모습을 유튜브에 올렸
어. 하지만 얼굴은 모자이크 처리해서 사람들이 알아보진 못할 거야."

"돈 벌려고 올렸냐?"

선우가 아무 말이 없기에 내가 따지듯 물었다.

"돈은 뭐 아무나 버는 줄 아냐?"

기분이 나빴는지 민재가 툭 쏘았다.

"그럼 재미로 올렸네. 아주 신났겠다."

내가 비아냥거리자 민재가 얼굴을 찡그렸다.

"장난삼아 마구 올리는 거 아냐."

민재는 얼굴이 벌개져서 소리쳤다.

"그건, 내가 세상과 하는 소통 같은 거야. 누군가 내가 올린 걸 보고
공감하고 댓글을 달아주고, 그게 행복했어. 내가 살아 있다는 느낌도
들고.... 말도 않고 찍은 건 미안해. 너무 궁금했어. 유골함을 배낭에

넣고 다니는 게. 그것도 어른도 아니고 내 또래 아이가. 그냥.... 순수한 호기심에서 찍게 된 거야. 아무튼 미안해."

살아 있다는 느낌이 든다는 말에 민재가 부러웠다. 뭔가에 빠져서 하고 싶은 게 있다는 뜻이니까. 그러고 보니 아무 생각 없는 나야말로 정말 한심한 아이구나 싶었다. 민재에게 그럴 수 있냐며 따지고 분노한 내가 그럴 자격이나 있나 싶었다.

"네가 찍고 싶으면 찍어도 좋아. 난 상관없어."

선우가 말했다.

순간 민재의 얼굴이 환해졌다. 마치 깜깜한 어둠 속에서 빠져나온 듯한 얼굴이었다.

"무슨 소리야? 네 얘기가 세상 사람들 입에 오르내려도 좋다는 거야?"

선우의 쿨한 태도가 도무지 이해되지 않았다. 아니 화가 치밀었다.

"아냐, 너희들인 줄 몰라. 너도 동영상 봤잖아. 내가 다 모자이크 처리해서 아무도 못 알아봐. 풍경이랑 가는 곳, 사연, 이런 것들만 올려. 정말이야, 앞으로도 그럴 거야."

민재는 필사적이었다. 세상과 소통하는 거라더니 정말 숨통이 트이는지, 아니 살아갈 이유가 생긴 듯한 생동감이 마구 물결쳤다.

"난 내 앞날, 미래, 이런 거 관심 없어. 민재에게 도움이 될 수 있다면 좋지 뭐."

선우는 마치 앞날에 대한 아무 미련이 없는 듯한 표정이었다.

할머니를 잃고 세상을 살아갈 의욕을 잃은 것일까? 문득 불안감
이 밀려왔다.

"그만 가자. 많이 지체해서 서둘러야 해."

선우가 일어섰다.

나는 민재를 째려본 뒤 터덜터덜 선우를 따라나섰다.

12
—

한밤의 난투극

버스를 네 번이나 갈아타고 3시간 넘게 달려 동해로 넘어오니 벌써 저녁 어스름이 내리고 있었다. 너무 피곤해서 쓰러져 자고 싶은 생각뿐이었다.

그런데 아까부터 민재의 행동이 자꾸만 거슬렸다. 수시로 주위를 흘끔거리며 산만했다. 그러다 나랑 눈이 마주치면 아무렇지 않은 듯 히죽 웃었다.

"뭐 찾는 거 있냐?"

"아니, 아무것도 아냐."

짜증이 담긴 내 질문에도 민재는 여전히 히죽거렸다. 비위를 맞추려는 거 같은 그 모습이 보기가 싫었다.

텐트를 치기엔 좀 이른 시간이라 촛대바위로 향했다.

사실 촛대바위 같은 건 보고 싶지도 않았다. 그 시간에 아무 데나 대자로 눕고 싶었다. 허벅지도 장딴지도 발바닥도 안 아픈 데가 없었다. 이건 여행이 아니라 고행이라는 생각이 머릿속을 가득 채웠지만 선우와 선우의 배낭에 있는 할머니 유골함 때문에 아무 말도 못 하고 목줄 멘 강아지처럼 끌려가듯 걸었다.

땅만 보고 걷는데 어디선가 바람이 불어왔다. 바람 속에서 짭조름한 바다 냄새가 났다.

앞장서 걷던 선우가 멈춰서는 바람에 걷기를 멈추고 고개를 들었다. 선우의 눈길을 따라가자 바다 위로 커다란 붓을 거꾸로 세워둔 듯한 바위가 눈에 들어왔다.

"할머니~ 동해 촛대바위야! 동해물과 백두산이 마르고 닳도록, 애국가 영상에 나오던 촛대바위! 할머니가 여기서 꼭 일출 보자고 했었잖아."

선우가 촛대바위를 바라보며 말했다.

순간 여행 중간중간 선우가 할머니에게 들려주듯 말하던 모습이 떠올랐다. 그랜드마마보이라서 습관처럼 할머니를 부른다고 생각했는데 그게 아니었던 것이다. 배낭에 있는 할머니 유골을 향해 말하고 있었던 것이다. 그때마다 선우는 어떤 마음이었을까.

코가 찡해왔다. 울컥 목도 메었다. 세상에 의지할 단 한 분이었던 할머니, 그 할머니가 떠난 이 세상에 혼자 남은 선우는 밤마다 무슨 생각을 했을까? 내가 선우였다면 어떻게 했을까? 아빠가 외국으로 떠나던 날이 떠올랐다.

"안 봐. 다시는 아빠 안 볼 거야."

내 방으로 찾아온 아빠를 외면하며 나는 차갑게 소리쳤다.

"영규야, 넌 좋은 환경에서 부러움 없이 살고 있잖아. 세상 모든 아이들이 다 그런 삶을 사는 건 아니야. 넌 이만큼 자랐잖아. 아직도 보살핌이 필요한 나이긴 하지만 아빠가 완전히 떠나는 게 아니잖아. 짬짬이 나올 거야. 네가 오면 더 좋고."

아빠는 내 침대에 걸터앉아 그동안 나를 설득하기 위해 수없이 했던 말을 간절히 다시 하고 있었다.

"듣기 싫어. 다 핑계야. 결국 그 아이들을 위해 아빠는 나랑 엄마를 버리고 떠나는 거잖아. 어서 가버려. 아빠 가고 싶은 곳으로 가."

나는 아빠의 손길을 뿌리치며 이불을 뒤집어썼다.

"버리는 게 아냐. 이건 누구를 더 사랑하고 덜 사랑하고의 문제가 아냐. 아빠는…… 네가 이해하는 날이 올 거라고 믿어. 방학 때 네가 아빠한테 왔으면 좋겠구나. 눈으로 보고 느끼면 너도 이해할 거야. 아빠 마음을."

"싫어, 안 가! 절대 아빠 보러 안 갈 거야. 아빠도 오지 마!"

나는 내 말만 내뱉고 귀를 막았다. 아빠의 말은 더 이상 듣기 싫었다. 아빠가 그런 나를 향해 무슨 말을 더했는지, 아니면 조용히 문을 닫고 공항으로 떠났는지는 모른다. 내 속에는 떠나는 아빠에게 버림받았다는 생각뿐이었다. 그래서 아빠를 향한 분노와 아빠를 붙잡지 않는 엄마에 대한 분노뿐이었다.

이불 속에서 악다구니를 쓰던 내 모습은 할머니의 유골함을 메고 의연하게 서 있는 선우 앞에서 한없이 초라하고 작아졌다.

나는 아프다고 아우성치는 발가락과 장딴지에 불끈 힘을 주었다.

"내일 아침엔 여기서 꼭 해돋이 보자."

선우가 나랑 민재를 돌아보며 말했다.

"그러자. 애국가 영상에 나오는 그 유명한 촛대바위까지 왔는데 봐야지."

내 말에 민재는 양쪽 어깨를 추키며 '난 눈 떠지는 거 봐서.'라며 웃었다.

해수욕장 근처 야영장에 텐트를 치고 저녁은 편의점에서 김밥이랑 샌드위치, 컵라면으로 해결했다. 컵라면에 소시지를 잘게 썰어 넣고 렌즈에 돌리니 맛이 기막혔다. 점심이 부실했던 터라 더 맛있었다.

"역시 우리 할머니 말씀은 틀린 적이 없어."

허겁지겁 먹는 우리를 빤히 보던 선우가 말했다. 나랑 민재는 무슨 뜬금없는 소리냐는 얼굴로 선우를 봤다.

"시장이 제일 좋은 반찬 이랬거든. 배고프면 세상에 안 맛있는 게 없대."

"야, 그랜드마마보이! 그건 우리나라 속담이거든."

내가 소리치자 선우가 히죽 웃으며 라면을 입안 가득 밀어 넣었다.

배가 부르니 꼼짝하기 싫었다. 우리는 텐트 앞에 돗자리를 펴고 벌러덩 누웠다. 힘든 여행을 나름대로 잘 버티고 있다는 생각에 나 스스로가 뿌듯하게 느껴졌다.

갑자기 민재가 몸을 벌떡 일으켰다.

"왜 일어나?"

선우가 물었다.

"응, 속옷 좀 빨아야겠어. 입을 게 없네. 빨 거 있으면 줘. 나도 양심이 있지. 점심은 영규가 내고 저녁은 선우가 냈으니 그 정도의 봉사는 해야지. 히히, 미안한 것도 있고."

"야, 듣던 중 반가운 소리다. 깨끗이 빨아 와!"

비닐봉지에 싸 뒀던 속옷을 민재에게 넘겼다.

"네, 대장님!"

민재가 나를 향해 90도로 고개를 숙이며 말했다. 그 바람에 나도 선우도 낄낄대며 웃었다.

"쟤 오늘 좀 이상하지 않냐? 자꾸 두리번거리는 게, 뭘 찾는 거 같기도 하고."

민재가 멀어지자 내가 말했다.

"그러게. 뭔가 불안해 보여서 나도 내내 신경 쓰이긴 했어. 말하기 싫은 눈치니까 모른척하자."

선우가 똑바로 누워 하늘을 봤다.

"이렇게 누워 있으니까 옛날 생각난다. 너희 집에 처음 간 날 옥상에서 이렇게 누워 있었잖아."

선우가 아득한 꿈길을 헤매듯 나직한 목소리로 말했다.

늦가을 무렵이었다. 우리 카페에서 알바를 하던 선우에게 나랑 놀자고 꼬드겨서 알바를 빼고 옥상에 텐트를 치고 놀았었다.

다음엔 텐트에서 잠까지 자자고 약속했지만 지키지 못했다.

그 무렵 아빠 때문에 나는 극도로 예민해져 있었고, 늘 짜증의 연속이었다. 마침내 아빠가 떠나고 나자 나는 화약을 잔뜩 머금은 다연발 폭탄이 되어 누구든 불붙여 주기를 바라며 사사건건 부딪쳤다.

"영규야, 너 요즘 너무 막나가는 거 같아. 아빠가 혼자 즐겁자고 관광 가신 게 아니잖아. 가난하고 어려운 아이들 도우러 가신 거잖아. 난 아저씨 마음 이해할 수 있을 거 같은데."

어느 날 선우가 말했다. 내 마음을 가장 잘 이해할 줄 알았던 선우가 그런 말을 하니 속에서 불꽃이 확 치솟았다.

"이해? 너도 가난해서 그 아이들 편이냐? 아빠도 없는 네가 뭘 이해하는데?"

나는 왁살스레 내질렀다. 그 순간 나를 보던 선우의 눈빛을 잊을 수가 없다. 원망과 서운함, 배신감이 뒤엉킨 그 눈. 하지만 선우가 상처를 받던 말든 관심 없었다. 내 아픔, 내 고통 앞에서 선우의 마음까지 헤아릴 여유가 없었다.

그 후로 우리 사이는 멀어졌다. 3학년 되면서 반이 달라졌기 때문에 더 이상 마주칠 일도 없었다.

"선우야, 그때 많이 속상했지? 그런 말 하려던 게 아니었는데 내 분노에 못 이겨서.... 미안해."

선우가 고개를 돌려 나를 봤다. 그때가 언제를 말하는지 가늠이 안되는 모양이었다.

"몇 달 전에 말이야. 우리가 마지막으로 본 날. 나를 위로하려는 너한테 내가 무식하게 내쏘았잖아. 네 상처를 후비는 말로."

선우가 천천히 고개를 끄덕였다.

"한동안 많이 서운해 하긴 했지.... 그런데 틀린 말도 아니었는걸. 가끔씩 그때 생각했었어. 시간이 지나니까 알겠더라. 그때 네게 필요한 건 따뜻한 위로였다는 걸. 나도 미안했어."

선우가 내 손을 잡았다.

나는 어두워진 하늘을 보며 눈을 감았다. 밤바람이 시원했다. 스르르 눈이 감겨왔다. 파도 소리가 자장가처럼 들려왔다.

"영규야, 일어나 봐!"

선우가 흔들어 깨우는 바람에 눈을 떴다. 주변이 깜깜해져 있었다.

"왜? 무슨 일인데?"

"민재가 안 보여."

순간 낮부터 자꾸 주변을 흘끔거리던 민재 모습이 떠올랐다.

"아까 빨래하러 가서 여태 안 온 거야?"

"아니, 빨래 늘어놓고 텐트 안에서 한숨 자기까지 했지. 그러다 화장실 다녀온다고 갔는데 제법 시간이 흘렀거든. 뭔가 불안해서."

선우의 목소리에 걱정이 가득 묻어 있었다.

우리는 바삐 화장실로 향했다. 남자 화장실이랑 그 주변을 다 뒤졌지만 민재는 없었다. 근처 마트도 가봤지만 없었다.

마침내 해변으로 향했다. 해변에는 젊은 남녀 한 쌍이 어깨를 두른 채 걷고 있었다. 해변을 따라 한참이나 걷다가 다시 되돌아 나왔다. 그런데 해변 소나무 숲속에서 날 선 목소리가 들렸다.

"들었어?"

"응, 나도 들었어."

심상찮은 목소리에 나도 선우도 걸음을 빨리했다.

숲이 가까워지자 목소리가 점점 또렷이 들렸다.

"싫다고. 안 간다고!"

민재 목소리였다.

선우도 느꼈는지 내 손을 꽉 잡았다. 나는 어둠 속에서 고개를 끄덕이며 선우가 잡은 손에 힘을 주었다.

"왜 안 가는데? 어차피 너 거기서 몇 년 못 있어. 곧 나와야 한다고. 그러니까 우리랑 가서 함께 지내자."

"난 그런 짓 하기 싫어. 내 힘으로 살 거라고."

"너 혼자 무슨 수로. 그게 네 생각처럼 쉬운 줄 알아? 쉬우면 우리도 진작 그랬지. 우리 같은 새끼들은 이 세상에 발붙일 수가 없어. 돈이 있냐, 학력이 있냐, 그렇다고 빽이 있냐? 빽은커녕 부모 복도 지지리 없잖아. 그런 우리가 무슨 수로 정상적으로 살아가냐고! 그러니까 우리끼리라도 뭉쳐야지. 그 방법밖엔 없어!"

"야, 무슨 말이 이리 길어. 아무리 말해도 못 알아처먹잖아. 그냥 끌고 가자고!"

낯선 목소리가 둘이었다. 제법 나이가 들었는지 목소리가 굵었다. 분명 우리보다는 몇 살 많을 거 같았다.

"안 간다고 했잖아. 죽어도 안 가! 놔!"

민재 목소리에 힘이 들어갔다. 끌고 가려는 걸 버티는 모양이었다.

"이 자식, 말로 해선 안 되겠네!"

뒤이어 퍽 소리와 함께 신음 소리가 들렸다.

좀 더 다가가자 큰 덩치와 좀 작은 덩치가 민재를 질질 끌고 가는 게 보였다.

"이봐요. 놔주세요. 민재가 싫다잖아요!"

선우가 그들을 향해 달리며 소리쳤다. 가슴이 쿵쿵 뛰었다. 하지만 나는 겁이 나서 같이 내달리지도 못하고 그대로 선 채 주먹만 쥐었다 폈다 했다.

"이건 또 뭐냐!"

낯선 굵은 목소리가 들리는가 싶더니 선우의 비명 소리가 들렸다.

"민재 놔주라고!"

선우 목소리였다. 뒤이어 치고받는 소리, 신음, 헐떡이는 신음소리가 연이어 났다.

가슴이 미친 듯이 뛰었다.

"내 친구, 건들지 말란 말이야!"

선우의 거칠고 왁살스런 목청이 내 가슴을 흔들었다. 순간 온몸에서 알 수 없는 용기가 솟구쳤다. 나도 모르는 힘에 이끌려 그들을 향해 돌진했다. 그들은 두 명씩 엉겨 붙어 치고받으며 뒹굴고 있었다. 나는 낯선 덩치의 목을 힘껏 죄었다.

"민재가 싫다잖아. 봐주라고!"

더 힘껏 녀석의 목을 졸랐다. 다음 순간 퍽 소리와 함께 옆구리에서 통증이 밀려왔다. 숨이 콱 막혔다. 더 이상 팔에 힘을 줄 수가 없었다. 나는 옆구리를 움켜쥐고 몸을 둥글게 말았다.

"이 새끼가 죽을라고!"

거친 소리와 함께 머리와 등, 배로 발길질이 날아왔다. 이러다 맞아 죽겠구나 싶은 생각이 스쳤다. 정신이 번쩍 들었다. 나를 향해 날아오는 녀석의 발이 눈에 들어왔다. 온 힘을 다해 녀석의 발을 움켜잡고 매달렸다. 갑작스런 동작에 놀랐는지 녀석이 두 손으로 나를 떼내려 애썼다.

"이거 봐라. 쬐끄만 새끼가!"

녀석이 뒤로 물러서서 호흡을 가다듬는지 숨을 헐떡였다. 순간 나는 벌떡 일어나 녀석의 배를 향해 발차기를 날렸다. 엄마 성화에 밀려 몇 년간 태권도 학원을 다니긴 했지만 누군가랑 몸싸움을 한 적은 없었다. 그런데 신기하게도 내 발차기에 큰 덩치가 뒤로 나가떨어졌다. 나는 번개처럼 달려들어 녀석에 배에 올라탔다. 닥치는 대로 두 주먹을 날렸다.

덩치의 몸이 움직이는가 싶더니 눈앞이 번쩍했다. 나는 맥없이 옆으로 나자빠졌다. 뭔가 뜨끈한 것이 입술을 타고 내려왔다. 손으로 슥 닦으니 끈적한 것이 묻어났다.

"이 새끼들아, 내 친구들 건들지 마!"

민재의 울부짖는 소리가 해변을 메아리쳤다. 어슴푸레한 어둠 속에서 민재가 큰 덩치를 향해 멧돼지처럼 내달리는 게 보였다. 순간 푹 꺾였던 내 몸에서 알 수 없이 기운이 솟구쳤다.

"이씨, 다 죽었어!"

나도 큰 덩치를 향해 내달렸다.

뒤쪽에서도 선우와 다른 녀석이 엎치락뒤치락하는지 씩씩거리는 소리, 비명과 신음 소리가 들렸다.

"이 새끼들은 뭐야!"

우악스런 외침과 함께 옆구리와 배로 거푸 주먹이 날아들었다. 숨이 콱 막혔지만 동시에 불끈 오기가 솟구쳤다.

"민재가 싫다잖아. 이 새끼야, 그냥 놔두란 말이야!"

나는 닥치는 대로 주먹을 내질렀다. 더 이상 아무 소리도 들리지 않았다.

치고받고 구르고 소리 지르는 사이 어디선가 웅성거림이 들렸고 여러 개의 불빛이 우리에게 날아들었다. 눈이 부셨다. 손지붕을 한 채 실눈을 떴다.

"거기, 무슨 일이야? 왜 싸우고 그래?"

"경찰 부를까?"

남자들 목소리였다.

사람 소리가 이렇게 반갑기는 처음이었다.

큰 덩치와 작은 덩치가 슬금슬금 몸을 빼더니 반대편으로 달아났다.

후레쉬 불빛에 드러난 선우나 민재 얼굴은 말이 아니었다.

"아닙니다. 이제 됐어요. 정말 감사합니다!"

민재가 큰 소리로 말하고 어른들을 향해 꾸벅 인사를 했다. 그 바람에 나도 선우도 따라서 어른들을 향해 꾸벅 고개를 숙였다.

어른들이 하나둘 흩어졌다.

"고마워!"

민재가 나와 선우를 껴안았다. 민재의 몸이 떨리고 있었다. 나도 한 팔로 민재를 안았다. 그런데 숨소리가 거칠었다. 그제야 민재가 울고 있다는 걸 깨달았다.

"너, 괜찮아? 다친 데 없어?"

선우가 물었다.

"괜찮아. 너희들…. 괜찮은 거야?"

민재가 울음을 삼키며 물었다.

"몰라. 아파 죽을 거 같아. 일단 텐트로 가자."

나는 결린 옆구리 때문에 숨을 깊이 들이마셨다 천천히 내쉬며 걸었다.

여러 개의 텐트가 쳐진 야영장으로 돌아오자 사람들 속에 있다는 생각에 비로소 안도감이 밀려왔다.

모래를 대충 털어내고 돗자리 위로 털썩 주저앉았다. 밝은 데서 보니 모두들 엉망이었다. 민재도 입술이 터지고 선우는 얼굴이 모래에 쓸렸는지 생채기가 나 있었다.

"약 사야겠다. 나 편의점 좀 다녀올게."

민재의 말에 선우가 민재의 팔을 잡았다.

"가지 마. 위험해. 아직 근처에 있을지도 몰라. 그리고 나한테 비상약 있어."

선우는 배낭에서 약을 꺼내 건네주었다. 우리는 차례로 약을 바르고 쓰러지듯 누웠다.

"좀 전에 그 자식들 뭐야? 너한테 왜 그래?"

"너를 끌고 가려고 하는 거 같던데?"

선우의 말에 나도 한마디 보탰다.

"미안해. 사정이 있어. 나중에 천천히 말해 줄게."

"아니, 나중 말고……"

내가 한마디 하려는데 선우가 내 손을 꽉 잡았다. 참으라는 뜻이다. 하는 수 없이 나는 입을 다물었다.

"그만 자자. 갑자기 운동을 과격하게 했더니 죽을 거 같아."

선우가 텐트 안으로 들어가며 말했다.

나도 선우를 따라 텐트 안으로 들어갔다. 텐트에 눕자 몸이 천근만근이었다. 그동안의 피로가 쌓인 데다 갑자기 온 힘을 다해 몸싸움을 한 탓에 몸에 있는 힘이란 힘은 죄다 빠져나간 거 같았다.

멀리서 꿈결처럼 파도소리가 들렸다.

13

누구나 자기 몫의 짐을 지고 살아간다!

숨쉬기가 힘들어 눈을 떴다.

온몸이 쑤시고 결렸다. 입술도 두툼해진 듯 뭔가 불편했다.

그제야 어젯밤의 난투극이 떠올랐다. 가슴을 쓸어내리며 천천히 얕은 숨을 내쉬었다. 뻐근한 어깨와 목을 돌리는데 텐트 안이 휑했다.

선우랑 민재 자리가 텅 비어 있었다.

'뭐야, 나만 빼고 해돋이 보러 간 거야?'

순간 기분이 확 나빴다. 둘이 같이 갈 거면 나도 깨웠어야지. 따돌림당한 듯 기분이 더러웠다. 나가볼까 해서 몸을 일으키다 다시 누웠다. 한여름인데도 바닷가라 추웠다. 추우니 어제 맞은 곳이 더 아픈 거 같았다. 얇은 이불을 끌어다 목까지 덮고 텐트 한가운데 누웠다. 3인용 텐트라지만 침대에서 혼자 자던 버릇 탓에 좁고 불편했다.

눈이 스르르 감긴다 싶었는데 아주 곯아떨어진 모양이었다.

선우가 흔드는 바람에 눈을 떴다.

"민재는 어디 갔어?"

선우가 텐트 안으로 고개만 디민 채 물었다.

"너랑 같이 간 거 아냐? 아까 잠깐 깼는데 없어서 둘이 해돋이 보러 갔나보다 했지."

"그래? 혹시 어젯밤 그 덩치들이 다시 온 거 아닐까?"

선우의 말에 벌떡 일어나다 비명을 토했다. 옆구리 통증 때문이었다.

"아프지? 나도 여기저기 안 쑤시는 곳이 없어."

선우가 배낭을 텐트 안으로 밀어 넣으며 낮게 신음을 토해냈다.

텐트 문을 잠그고 민재를 찾아 나섰다. 곧장 어젯밤 결투가 있었던 쪽으로 향했다. 그새 해가 제법 올라와서 주변이 환했다. 아침 산책을 하는 연인과 나이든 노부부의 모습뿐 우리 또래는 보이지 않았다.

야영장 주변이며 촛대바위까지 죄다 뒤졌지만 민재의 모습은 보이지 않았다.

"이럴 줄 알았으면 억지로라도 전화번호 받을걸."

선우가 신음소리처럼 중얼거렸다.

나도 모르게 뜨끔했다. 선우가 민재에게 전화번호를 물었을 때 민재는 늘 붙어다니는데 전화 걸 일이 뭐 있냐며 번호를 알려주지 않았었다. 그때까지도 나는 민재가 탐탁지 않아 "맞아, 전화 걸 일이 뭐 있다고."라며 민재 편을 들었다. 그때 선우 말대로 연락처를 받아 저장을 했더라면 좋았을 걸, 후회가 밀려왔다.

야영장이 가까워지자 어디선가 새콤한 김치찌개 냄새가 밀려왔다. 이런 마당에도 입에 침이 고이면서 목구멍으로 침이 꼴깍 넘어갔다.

텐트 문을 열고 안을 들여다보던 선우가 갑자기 주저앉아 멍하니 있었다.

"왜 그래?"

"민재... 배낭이 없어. 끌려간 게 아니라..... 스스로 갔나 봐."

그제야 나는 텐트 안에 배낭이 두 개뿐이란 게 눈에 들어왔다.

배낭을 들고 갔다는 건 선우 말대로 스스로 우리 곁을 떠난 것이란 생각이 들었다. 하지만 왜? 여태 우리 옆에 찰거머리처럼 붙어서 동영상까지 찍어 올리더니 갑자기 왜 사라진 걸까?

"어쩌면 우리한테 미안해서 그런지도 모르지. 어제 그 덩치들이 우리를 따라다닐지도 모르니까."

선우의 말을 들으니 갑자기 가슴이 찡해왔다.

혼자 다니기 무섭다던 민재 말이 떠올랐다.

"인사라도 하고 가면 좋았잖아."

목구멍에서 불쑥 튀어나왔다.

"그러게."

선우도 한숨처럼 중얼거리다.

셋이 다닥다닥 붙어 자느라 좁다고 느끼던 텐트 안이 휑했다.

민재의 빈자리만큼 가슴에 구멍이 난 듯 허전했다.

어젯밤 난투극으로 온몸이 얻어맞은 것처럼 무겁고 아팠다. 하지만 민재만 옆에 있다면 그런 것쯤 아무렇지 않을 거 같았다.

텐트를 걷고 편의점으로 향했다. 입맛이 없어 컵라면만 하나씩 사서 렌지에 돌렸다. 라면 한 젓가락을 입에 넣었는데 찢어진 입술에서 찌릿찌릿한 통증이 밀려왔다. 선우도 입맛이 없는 모양이었다. 다른 때 같으면 국물까지 말끔히 먹어치웠을 텐데 반도 못 먹고 결국 버렸다.

다음 일정인 삼척의 죽서루로 향하는 걸음이 한없이 무거웠다.

"너희 둘 참 부럽더라. 나도 너희 같은 친구가 있었으면 싶었어."

민재가 한 말이 떠올랐다.

오죽헌의 율곡박물관에서 '친구에 대한 자세'란 글귀를 뚫어져라 보던 민재 모습이 잊혀지지 않았다. 그러고 보니 민재가 올린 동영상에서도 그 장면을 본 기억이 났다. 민재는 그 글귀를 클로즈업한 뒤 옆에다 '친구, 이 세상에서 가장 힘세고 위대한 낱말!'이란 자막을 넣었었다.

민재가 어떤 마음으로 그 글귀를 클로즈업했는지 알 거 같았다.

친구가 되는 데는 꼭 긴 시간이 필요한 건 아닌 모양이다. 이렇듯 짧은 시간에도 내 몸만큼 아끼고 걱정되는 그런 관계가 될 수 있다는 게 놀라웠다. 한편으론 기쁘면서 가슴 아팠다. 진작 민재가 옆에 있을 때 깨달았으면 얼마나 좋았을까? 그럼 좀 더 마음 써주고 따뜻하게 했을 텐데.

"어쩌지? 우리가 촛대바위에서 시간을 너무 끌었나 봐. 레일바이크 타러 가기엔 촉박하네."

"그럼, 패스하자. 어차피 지금 기분으로 타도 신날 거 같지 않아."

"그렇지? 그냥 죽서루 천천히 둘러보고 환선굴로 바로 가자."

선우의 말에 나는 고개를 끄덕였다. 여행 중에 가장 기대한 것이 레일바이크였지만 지금은 어서 여행을 끝냈으면 좋겠단 생각뿐이었다.

선우는 예매한 표를 취소하기 위해 핸드폰을 켰다. 얼핏 보니 부재중 전화와 문자가 엄청 와 있었다.

"야, 누가 너 찾나 본데?"

"어…. 아무것도 아냐."

선우는 내게서 몸을 돌리고 핸드폰 화면을 가렸다.

누가, 무슨 일로 전화를 저리 많이 했을까? 궁금했지만 선우가 굳이 보여주고 싶어 하지 않는 거 같아 죽서루 방향 표시를 따라 몇 발짝 앞서 걸었다.

"오호, 입장료 없네. 무료입장이 젤로 반갑더라."

내 말에 선우가 고개를 끄덕이며 웃었다.

죽서루 문을 들어서자 넓은 마당이 펼쳐졌다. 납작한 돌이 깔린 마당은 너무 넓어서 속이 다 시원해지는 거 같았다.

죽서루는 제일 높은 언덕에 자연돌을 받침대 삼아 위풍당당하게 서 있었다. 누각을 받힌 나무기둥의 길이가 제각각이라 신기했다.

배우 배용준과 손예진이 출연한 영화 〈외출〉의 촬영지란다. 하지만 나는 그 영화를 본 적이 없어 아무런 느낌이 없었다.

대나무 사잇길을 지나 돌계단을 오르자 여기저기가 다시 결리며 쑤셔왔다. 터져 나오려는 신음을 삼키며 계단을 올라서니 엄청난 크기의 죽서루가 눈앞에 서 있었다.

신발을 벗고 죽서루에 오르니 그 너른 품에 입이 딱 벌어졌다. 얼마나 넓은지 학교 운동장이 떠올랐다. 여태 이렇게 넓은 누각 마루는 처음이었다. 사람들이 마루에 늘어앉는다면 100명은 앉을 수 있을 거 같았다.

더위를 식히느라 관광객 몇이 마루에 앉아 계곡 쪽을 내려다보며 쉬고 있었다. 사방이 탁 트여서 바람이 솔솔 불어와 한잠 자면 딱 좋을 거 같았다.

"할머니, 죽서루야. 관동팔경 중 제일 큰 누정이며, 가장 오래된 건물이래. 유일하게 바다가 아닌 내륙에 들어앉았고. 저 아래로 흐르는 강이 오십천인데 발원지인 백병산에서 동해에 이르기까지 50여 번을 돌아 흐른다고 해서 붙여진 이름이래....."

선우는 살아 있는 할머니에게 얘기하듯 조곤조곤 말했다. 이제 내 눈치를 보지 않아도 되니 한결 마음이 편한 모양이었다.

나는 선우의 얘기를 들으며 누각 아래로 흐르는 오십천을 내려다봤다. 오십천의 푸른 물은 고요해서 마치 그림 속의 호수 같았다.

바람이 솔솔 부는 마루에 누워 한숨 자고 싶은 생각이 간절했다. 하지만 선우를 따라 누각을 내려갔다.

반대편으로 돌아내려 오는데 할아버지라고 불러야 할지 아저씨라고 불러야 할지 애매한 아저씨가 돌계단 옆에 앉아 있었다. 낯이 익다 싶어 자세히 보다 하마터면 낄낄대며 웃을 뻔했다. 오죽헌에서 본 애매한 아저씨였다. 선우가 짠 여행지와 노선이 겹치는 모양이었다.

"선우야, 저기! 애매한 아저씨다. 오죽헌에서 율곡매 설명해 주시던 분!"

내 손가락을 따라가던 선우의 눈이 커졌다. 이내 얼굴 가득 웃음이 번졌다.

내가 말릴 사이도 없이 선우는 뚜벅뚜벅 아저씨 쪽으로 걸어갔다.

"안녕하세요. 여기서 또 뵙네요."

선우가 씩씩하게 말하며 꾸벅 인사를 했다.

이제는 저 낯선 선우의 모습이 익숙해질 법도 한데 나는 여전히 그런 선우가 낯설었다. 저렇게 모르는 사람에게 슥슥 다가갈 만큼 얼굴이 두꺼웠던가? 아니 선우는 지금 그만큼 마음이 불안정한지도 모르겠다. 이 세상에서 유일한 가족인 할머니를 잃고 홀로 망망대해에 떨어진 듯할 것이다. 그래서 낯선 세계에서 갈팡질팡하며 흔들리고 있는 것이다. 그런 선우가 안쓰러웠다.

"우리가 구면인가? 어디서 봤을꼬?"

아저씨가 고개를 갸웃거렸다.

물결치는 마음을 다잡으며 나도 아저씨 옆으로 다가갔다.

"오죽헌이요! 거기 율곡매를 심오한 깊이로 사랑하셨잖아요."

선우의 말에 아저씨가 껄껄 웃었다.

"아, 그때 그 기특한 아이들이로구나. 한 명은 어쩌고 따로국밥인가? 얼굴들은 또 왜 그 모양이야? 패싸움이라도 했나?"

아저씨의 말에 나는 뜨끔해서 선우를 봤다. 선우도 나를 봤다. 선우의 오른쪽 눈 위로 가는 빗줄기처럼 그어진 여러 가닥의 생채기가 눈에 쏙 들어왔다. 선우의 눈은 터진 내 입술을 훑다가 이내 아저씨 쪽으로 옮아갔다.

"그맘때야 싸우면서 크는 거지만 요즘 세상은 험하니 조심해야지."

"네.... 그런데 아저씨는 혼자 오셨어요?"

껄끄러운 화제를 돌리고 싶어 내가 물었다.

"여행은 혼자가 제 맛이지. 발길 닿는 대로 흘러갈 수도 있고. 그나저나 죽서루를 구경 오다니, 요즘 애들 같지 않구나. 좋단 뜻이야."

아저씨는 율곡매 앞에서처럼 우리를 반가워했다.

"어디 구경 제대로 했나 한 번 물어볼까? 이 죽서루는 보물로 지정되었는데 그 이유가 뭔지 아느냐?"

뜻밖의 질문에 나는 선우를 봤다.

"보물은 오랜 역사성과 아름다운 예술성, 희소성이 두루 갖춰져야 하니 그 모든 가치가 충족되었기 때문이겠지요."

"허, 그 녀석 말 한번 잘하네. 그래, 그 모든 걸 갖췄지. 그런데 거기다 또 하나가 더 있다. 저기 기둥을 봐라. 17개의 기둥 중에 8개는 다들은 주춧돌 위에 세우고 나머지 9개는 자연석 위에 세워져 있지. 그래서 기둥들 길이가 제각각이란다. 바위를 깎은 것이 아니라 원래 있던 바위 모양에 맞춰 나무기둥의 밑면을 깎았다. 저쪽 끝에는 커다란 바위에 몸체를 걸치고 있어서 아예 기둥이 없는 곳도 있지."

아저씨의 말에 나는 아까 기둥을 보면서 신기해했던 걸 떠올리며 고개를 끄덕였다. 정말 기둥 길이가 제각각이었다.

"자연 그대로를 이용해서 누각을 지었단다. 한국 건축의 아름다움을 이야기할 때 제일 먼저 꼽는 것이 바로 이 자연친화성이지."

"와, 할아..... 아니, 아저씨 건축가세요?"

내가 눈을 동그랗게 뜨자 아저씨가 웃으며 손을 저었다.

"건축가라기보단 건축 쪽 일을 좀 했지. 하지만 내가 여기 온 건 죽서루가 아니라 요 녀석이랑 저쪽에 서 있는 회화나무를 보러 온 거란다."

아저씨가 뒤쪽에 서 있는 나무와 죽서루 건너편에 서 있는 나무를 가리켰다. 두 그루 모두 굉장히 오래되어 보였는데 아저씨 뒤에 있는 나무는 죽서루를 향해 눕듯이 몸을 비틀고 있었다.

"왜요? 특별한 나무인가요?"

"그렇다고 할 수 있지. 중국에서는 이 회화나무를 출세를 할 수 있는 나무로, 서양에서의 학자가 태어나는 나무로 알려져 있단다. 우리나라에는 이 회화나무 세 그루가 집안에 있으면 만사형통이라고 생각했대. 첫 그루는 행운, 두 번째 나무는 출세, 세 번째는 지식을 부른다고 여겼지. 이 세 가지가 갖춰지면 모든 일이 만사형통일 수밖에 없지 않겠느냐. 그래서 옛날 양반들이 집 안에 회화나무를 심었기 때문에 '양반나무'라고 불리기도 했단다. 지금도 궁궐이나 서원 같은 데는 오래된 회화나무가 많이 남아 있지."

"그런데 왜 여기에 회화나무를 심었을까요? 양반집도 서원도 아니잖아요."

"옛날에 이런 정자를 누가 와서 즐겼겠어? 당연히 글 읽고 시 짓는 양반님들이었겠지."

내 말에 선우가 대답했다. 듣고 보니 맞는 말이었다.

"그렇지. 허허, 똑똑하네. 조선의 화가 정선이나 김홍도 같은 분들이 이곳 죽서루 풍경을 그림으로 남기셨더구나. 그림을 보면 죽서루 양쪽에 우뚝 솟은 두 그루의 회화나무를 볼 수 있지. 그림에도 이 나무의 비틀린 듯한 휘어짐이 아주 잘 표현되어 있단다."

아저씨가 말하면서 등 뒤의 심하게 비틀린 회화나무를 가리켰다.

아저씨의 얘기를 들으니 조금 전까지 눈에 들어오지도 않던 회화나무가 아주 신비롭게 다가왔다. 그 긴 세월 이 자리에 꿋꿋이 버텨 서서 보고 들었을 수많은 사연이 비틀린 가지 사이사이에 총총히 채워져 있을 것만 같았다.

"나무에 관심이 많으신가 봐요. 저번 율곡매도 그렇고."

"그렇게 보이냐? 나이 드니 나무가 참 좋구나."

선우의 말에 아저씨가 아이처럼 활짝 웃었다.

아저씨는 정말 사랑이 담뿍 담긴 눈길로 회화나무의 위아래를 찬찬히 바라봤다. 그러다 조금 떨어진 곳에 있는 나무 밑동을 가리켰다. 거기 갈색의 버섯이 붙어 있었다.

"저 버섯은 나무에 붙어 기생하는 걸까? 아니면 서로 공생 관계일까?"

아저씨가 물었다.

"기생하는 거죠. 나무에 붙어살잖아요."

"그래, 네 말대로 나무에 붙어사니 기생이라고 생각하기 쉽지. 하지만 그건 버섯의 이 갓과 밑동만 보기 때문이야. 진짜 버섯은 우리 눈에 보이지 않는, 밑동 아래로 실처럼 뻗은 균사체다. 나무들은 땅속으로 기다랗게 뻗은 뿌리를 통해 곤충이 습격했다거나 가뭄이 심각하다는 메시지를 주고받는단다. 그런데 잔뿌리가 가닿지 못한 나무끼리는 연락이 되질 않지. 이때 버섯 같은 균류가 전달자 역할을 맡는단다. 그래서 학자들은 버섯 같은 균류를 "숲의 통신망"이라고 부른대. 그렇다면 버섯은 통신비 명목으로 나무한테서 무엇을 얻어낼까. 나무는 자신이 생산하는 양분의 최대 3분의 1을 조력자인 버섯에 내어준단다. 3분의 1이면 나무가 줄기를 만드는 데 투자하는 양과 비슷하니 엄청난 비용을 치르는 셈이지만 결국 나무들과 버섯은 서로 상부상조하는 거지."

"와, 그런 걸 다 어떻게 아세요?"

"숲 해설가를 준비하느라 이런저런 공부를 하고 있지. 그러려면 체력이 바탕이 되어야 하고."

"알았다! 그래서 지금 체력키우기 도보여행 중이시군요."

"도보여행? 나한테 그런 수식어는 과하고, 그저 천연기념물로 지정된 전국의 노거수들을 둘러보고 있지. 체력도 키우고, 여행도 하고, 나무 공부에 지리 공부, 역사공부도 하고. 일석다조라고나 할까."

"와, 그 연세에도...."

나는 뒷말을 꿀꺽 삼켰다. 기분이 나쁘지 않을까, 하는 생각이 갑자기 든 탓이었다.

"이 나이에도 꿈을 꾸냐고? 꿈에 나이가 있나. 젊어도 꿈이 없는 삶은 죽은 삶이나 진배없지."

'꿈이 없는 삶은 죽은 삶이나 진배없다고?'

갑자기 아저씨가 나를 겨냥해서 뒤통수를 딱 후려친 기분이었다. 아저씨의 말뜻을 헤아리느라 이리저리 궁글리고 있자 아저씨가 다시 말했다.

"꼭 대단하거나 특별한 사람이 되겠다는 것만 꿈인 건 아니야. 공생하는 저들처럼 서로 나눌 수 있는 건 나누고, 그 나눔에서 기쁨과 보람을 느낀다면 그게 꿈이 될 수도 있지. 중요한 건, 삶의 가치를 어디에 두는가겠지. 그게 돈이나 권력일 수도 있고, 사랑일 수도 있고. 하지만 이왕이면 내 꿈이 타인들에게도 유익할 수 있다면 더 좋지 않겠니? 자신의 이익을 위해 남을 이용하고 해치는 끔찍한 기사들이 넘쳐난다고 세상 사람이 다 그런 건 아니거든. 자세히 들여다보면 남에게 가진 것을 나누고 보듬는 사람들이 훨씬 더 많단다. 그들로 인해 세상은 여전히 건강하고 밝고 살만한 곳인 거지."

아저씨의 말을 들으며 아빠가 떠올랐다.

꿈을 쫓아 간 아빠를 향해 비난을 쏟아낸 나. 마치 내 속을 꿰뚫어 보고 나무라는 거 같아 아저씨 눈을 마주 보는 게 부담스러웠다.

"저희 할머니도 비슷한 말씀을 하셨어요. '세상은 혼자 사는 게 아니란다. 늘 주변을 돌아보고 네가 줄 수 있는 건 즐겁게 주어라. 그럼 언젠가는 또 누군가가 네게 필요한 걸 나눠줄 날이 있을 거야. 나눠줄 게 있다는 건 큰 행복이란다.' 라고요. 신기해요. 까맣게 잊고 있었는데 이렇게 생생히 기억날까요?"

"기억이란 그런 것이지. 마치 소나기처럼 말이야. 어느 순간 머릿속을 훑고 지나가지. 그러면 기억의 뿌리를 따라 감자알처럼 관련된 이야기들이 오졸조졸 매달려서 딸려오거든."

아저씨는 갑자기 선우의 두 손을 잡았다.

"누구나 자기 몫의 짐을 지고 살아간단다. 생각이 그 짐에만 몰두할수록 세상에서 자신의 짐이 가장 무겁다고 느껴지지. 아니 남들의 짐은 안 보이고 내 진 짐만 보게 된단다. 그런데 모든 것에 양면성이 있듯이 짐도 마찬가지야. 짐의 무게 때문에 하루빨리 벗어버리고 싶은 버거운 짐으로만 느끼지만 실상 그게 또 나를 살게 하는 힘이요 기쁨이기도 하거든. 이왕 짊어져야 할 짐이라면 나를 살게 하는 힘으로, 즐거움으로 받아들이면 더 좋지 않겠니?"

아저씨는 말을 멈추고 물을 꺼내 한 모금 마시고 우리를 향해 내밀었다. 나도 선우도 고개를 저었다.

"그게 여의치 않으면 내 등에 진 짐만 생각지 말고 주변 사람에게 관심을 갖고 그들이 진 짐을 들여다보는 시간을 가져 보는 것도 좋아. 그럼 내 짐도 못 견딜 만큼의 무게가 아니란 걸 느끼게 될 거야. 중요한 건 어떠한 경우에도 인간다움을 놓으면 안 된다는 거야. 그 순간 짐승이나 다를 바 없는 거지."

아저씨의 말에 나도 모르게 등줄기에서 전율이 일었다.

아저씨가 선우의 현재를 훤히 꿰뚫고 있는 것만 같았다. 선우의 배낭에 든 할머니 유골함을 보셨나, 싶을 정도였다.

"누구나 자기 몫의 짐을 지고 살아간다고요?"

선우가 허공에 눈을 둔 채 물었다. 하지만 답을 바라는 질문이 아니라 곱씹으며 스스로 되새김질하는 말 같았다.

"짐 대신 그늘이라고 해도 좋아. 사람들에게 내보이고 싶지 않은 것, 숨기고 싶은 것, 나를 아프게 하는 것이랄 수도 있지."

"아저씨도 짐이 있어요?"

궁금했다. 천연기념물이나 보러 다니는, 그래서 내 눈에서 한없이 팔자가 좋아 보이는 아저씨에게도 짐이 있는지. 갑자기 아저씨가 웃었다.

"허, 요 녀석 보기보다 공격적이네. 이렇게 바로 치고 들어올 줄 몰랐는데? 당연히 나도 짐이 있지. 하지만 짐 대신 '힘'이라고 하고 싶구나. 나를 살게 하는 힘.... 그 얘긴 좀 아껴 두기로 하자. 우리가 다음번에 우연히 다시 만나면 그때 얘기해 주마. 그것도 참 낭만적이기 않니?"

아저씨가 웃었다. 짐을 힘과 기쁨으로 받아들여서일까. 아저씨는 짐 같은 건 없는 홀가분하고 기운 넘쳐 보였다. 정말 여유와 낭만이 느껴졌다. 생각에 따라 얼굴이 저리 달라질 수도 있구나, 싶었다.

"저희는 이제 다음 여행지로 가봐야 할 거 같아요."

선우가 시계를 보며 말했다.

"다음 여행지는 어디냐? 난 궁촌으로 갈 건데."

"환선굴이요. 궁촌엔 왜요? 레일바이크 타러 가시는 거예요?"

내 말에 아저씨가 배낭을 메고 몸을 일으키다가 '레일바이크?'라며 큰소리로 웃었다.

"그건 누군가랑 나란히 앉아 같이 타고 싶구나. 나는 천년 된 음나무를 보러 가는 거야."

"허, 천년이나 되었어요?"

"엄청나지? 음나무는 민속적으로 '귀신 쫓는 나무'로 알려져 있다. 가시가 다닥다닥 붙은 가지를 대문 위에 꽂아 두면 집 안으로 침입하려던 악귀가 그 가시에 찔리고, 아파하며 도망친다더구나. 비슷한 이유로 옛날에는 그 나무로 6각형의 노리개를 만들어 어린아이에게 채워 줬대. 아이에게 악귀가 침범하지 못하게 말이지. 이 노리개를 '음'이라 불러서 음나무란 이름의 유래가 되었다는구나. 음나무는....."

"아저씨는 정말 우리나라에서 제일가는 나무 아니, 숲 해설가가 되실 거 같아요."

내가 엄지를 치키며 얼른 말했다. 오죽헌에서처럼 아저씨의 얘기는 끝도 없이 이어질 거 같았기 때문이다. 그런데 사실 아저씨의 열정이 대단해서 진짜 그런 생각이 들기도 했다. 무언가에 뜨거울 수 있는 모습은 참 아름답다는 생각이 들었다.

아저씨와 인사를 하고 돌아섰다.

정류장을 향해 걷는데 문득 내 몫의 짐이 떠올랐다. 내 몫의 짐은 무엇일까?

14

민재 이야기

버스를 갈아타고 환선굴로 향했다.

며칠 동안 계속 버스를 갈아타며 이동한 터라 익숙해졌을 줄 알았는데 여전히 힘들었다. 어젯밤 갑자기 힘을 쓴 탓에 몸에서 기운이 다 빠져나간 듯 자꾸만 축축 처졌다.

다행히 레일바이크를 패스한 덕분에 버스 시간에 쫓기지 않고 여유 있게 움직일 수 있어 괜찮았다. 버스 한 대를 놓치면 빨라도 30분~40분은 기다려야 다음 버스가 오기 때문에 선우는 늘 시계를 보며 마음을 졸였었다. 하지만 우리는 시계를 볼 필요 없이 천천히 움직였다. 하긴 여기저기 쑤셔서 빨리 움직일래도 움직일 수가 없었다.

환선굴 매표소는 커다란 박쥐가 날개를 편 듯한 모습을 하고 있었다.

괴기스러우면서 재미있었다.

평일인 데다 오전이라 그런지 매표소 앞이 한산했다. 표를 끊고 안으로 들어가려 할 때였다.

"야~"

누군가 뒤에서 쿵쿵 달려오며 소리쳤다. 놀라서 돌아보는 사이 뜻밖에도 민재가 나와 선우를 향해 날아올랐다. 민재에 떠밀려 나랑 선우는 뒷걸음질 치다 엉덩방아를 찧으며 주저앉았다.

"쫄았냐? 으이구, 이 쫄보들!"

우리를 깔아뭉갠 채 민재는 신나는 듯 깔깔거렸다.

우리는 어리벙벙해서 민재 보고 귀신을 본 듯 입만 딱 벌리고 아무 말도 못 했다.

"뭐냐, 네가 어떻게 여깄냐?"

몸을 발딱 일으키며 물었다. 반갑기도 하고 놀라기도 해서 목소리가 이상하게 갈라져서 나왔다.

"먼저 와서 기다렸지. 그런데 왜 이렇게 빨리 왔어? 하마터면 놓칠 뻔했잖아! 레일바이크 안 탔어?"

"야, 안 탄 게 아니라 못 탔거든. 네가 갑자기 사라지는 바람에 너 찾느라고 아침 시간을 다 허비했단 말이야."

나는 레일바이크 못 탄 것이 아쉬워 민재를 째려봤다. 민재가 미안한 얼굴로 머리를 긁적거렸다.

"여기서 우릴 기다렸다고? 어떻게 알고 기다려?"

선우가 놀란 얼굴로 묻자 민재가 선우의 주머니를 눈짓했다.

"히히, 네 수첩에 일정 적혀 있잖아. 혹시나 해서 핸드폰으로 찰칵 찍어놨었지. 중간에 노선 바꿀 리는 없잖아. 할머니랑 약속한 여행인데."

"와, 이 약삭빠른 자식! 이럴 거면 같이 오면 됐잖아. 어쨌든 반갑다. 너 없으니 아주 쪼끔 심심하더라."

"아냐, 영규가 네 걱정 땜에 그렇게 타고 싶어 했던 레일바이크도 뿌리쳤다니까."

선우가 얼른 덧붙였다. 민재가 입이 함박 벌어져서 나를 봤다.

"착각하지 마! 단지 조잘조잘 떠들며 배경 음악 깔아줄 녀석이 없으니 심심해서 그런 거니까."

"내가 라디오냐? 배경 음악 깔아주게."

말을 그리하면서도 민재는 기분이 좋은지 벙실거렸다.

"그런데 왜 갑자기 사라진 거야?"

"맞아, 그 덩치들 누구냐? 왜 너를 데려가려고 한 거야? 갑자기 사라진 이유는 뭐고?"

너무 궁금했던 터라 나도 모르게 쉴 새 없이 질문이 쏟아졌다.

"아는 형들이야. 나중에 봐서 얘기해 줄게. 나도 표 끊어 올게."

더 묻고 싶었지만 민재는 달아나듯 멀어져버렸다.

민재는 표를 사서 강중거리며 달려왔다.

"야, 더는 못 기다려! 지금 당장 말해. 어젯밤에도 다음에 얘기해

준다고 선 사라졌잖아. 나랑 선우가 너를 위해 몸을 내던졌잖아. 생사고락을 함께했으면 비밀은 없어야지!"

"뭘 꼬치꼬치 캐묻고 그래. '너무 깊이 알면 다쳐!' 이런 영화 대사도 모르냐?"

민재는 웃었지만 나도 선우도 웃지 않았다. 어젯밤 일이 떠올라 나도 모르게 주위를 힐끔거렸다. 선우도 같은 마음이었지 슬쩍 뒤를 돌아봤다.

"야, 뭘 그리 쫄고 그래? 그냥 해본 말이야. 셋이 움직이면 그들 눈에 쉬이 띌 거 같아서 나 혼자 먼저 움직인 거야. 혹시 어디선가 지켜보고 있지 않을까 싶어서."

"야, 됐고 빨리 본론이나 말해. 너, 혹시 무슨 죄지었냐?"

"무슨 말이야?"

민재가 나를 향해 눈을 가늘게 떴다.

"너, 수상한 게 한두 가지가 아니잖아."

"내가 뭐? 뭐가 수상한데?"

민재의 동작이 거칠어졌다. 억울하다는 걸 온몸으로 표현하려는 거 같았다. 그런데 내겐 그게 더 수상함을 부추겼다. 선우도 그런 민재를 가만히 보더니 나섰다.

"나도 같은 생각이야. 핸드폰도 수시로 끄고 있잖아. 너 필요할 때만 잠깐씩 켜고."

선우의 말에 민재는 어이없다는 듯 웃었다.

선우 말대로 민재는 동영상을 찍을 때나 유튜브에 올릴 때 말고는 늘 핸드폰을 끄고 있었다. 선우도 그걸 눈여겨본 모양이었다.

"그렇게 따지면 너는 더 이상해. 넌 아예 켜질 않잖아."

민재의 눈이 선우를 향해 있었다.

순간 아침에 레일바이크 예매를 취소하기 위해 선우가 핸드폰을 켰을 때가 떠올랐다. 그때 부재중 전화가 수십 통에 문자도 엄청나게 와 있었다. 민재 말대로 수상하기로 치면 선우도 민재 못지않았다.

"그냥, 좀 그럴 일이 있어. 하지만 범죄니 뭐니 그런 종류는 아니니까 걱정 말고 너나 솔직히 말해. 범죄자 숨겨줘도 공범으로 처벌받는 거 알지?

"걱정 마. 나도 그럴 일 없으니까."

민재는 꺼져 있는 핸드폰을 주머니에 넣으며 한동안 말이 없었다. 여러 가지 생각이 오가는 얼굴이었다. 마침내 길가 한쪽으로 천천히 걸음을 옮기더니 바위에 걸터앉았다. 나랑 선우도 자연스레 민재 옆에 앉았다.

"사실은.... 나, 가출했어."

한참 만에 민재가 말했다.

'가출?'

엄마가 마침내 폭발한 날이 떠올랐다. 아빠가 떠나고 내 반항이 정점을 이룰 때였다.

"너만 힘든 줄 알아? 나도 힘들어. 대책 없이 감상적이고 박애정신만 가득한 네 아빠 때문에! 네 아빠를 빼다 박은 너 때문에! 그렇게 화내고 짜증만 낼 거면 너도 아빠 따라 나가버려!"

엄마가 소리소리 질렀다. 그때 정말로 집을 나가고 싶었다. 힘들다, 살기 싫을 만큼 힘들다, 가출로 보여주고 싶었다. 마음은 백번도 더 가출했다. 하지만 막상은 집을 뛰쳐나가 동네를 어슬렁거리다 돌아오는 게 고작이었다. 짐을 싸서 대문을 나서는 건 정말 큰 용기가 필요하다. 나는 진짜로 가출한 민재가 다시 보였다.

"어휴, 복에 겨운 줄도 모르고. 부모님께 혼났어?"

선우가 한심하다는 얼굴로 물었다.

"혼낼 부모라도 있으면 소원이 없겠다."

민재가 툭 내뱉었다. 순간 나는 선우를 봤다. 선우도 동그래진 눈으로 나를 봤다. 우리는 다시 동시에 민재를 봤다.

"사실 나 보육원에 있어."

'보육원?'

갑자기 보육원이 어떤 곳인지조차 기억나지 않았다. 그러다 부모나 보호자가 없는 아이들이 가는 곳이란 생각이 들었다. 순간 나도 모르게 민재가 입은 옷으로 눈이 갔다.

"보육원? 그런데 옷이....."

선우가 말끝을 흐리며 민재의 위아래를 훑어봤다. 선우도 나랑 같은 생각을 하고 있는 모양이었다.

민재 옷은 유행은 좀 지났지만 명품이라 할 만한 브랜드였다. 신발도 마찬가지였다.

"아! 이거? 후원받은 거야. 다른 보육원은 어떤지 몰라도 우리 보육원은 후원받는 옷이 넘쳐나. 신발도 그렇고. 지겨워서 버리지 낡아서 버릴 일은 없을걸. 보시다시피 내가 좀 아담한 체격이라 어지간한 옷은 다 맞아."

그제야 선우랑 나는 슬쩍 눈을 마주치며 고개를 끄덕였다. 하지만 무슨 말을 해야 할지 어색했다.

"이런 데서 안 만났으면 절대로 보육원 다닌단 말 안 했을 거야. 우리 반 애들도 몰라. 내가 보육원에 있는 거. 싫더라고. 궁핍으로 뭔가를 훔칠 거란 선입견도 동정의 눈길도... 사실 그보다 더 싫은 건 온 가족이 둘러앉아 도란도란 얘기하며 저녁 먹는 모습이야. 추운 겨울 밤이나 비 오는 밤엔 더 싫더라."

민재의 말을 들으며 '누구나 저마다의 짐을 지고 산다'던 아저씨의 말이 떠올랐다.

"너한테는 그게 짐이었구나."

나도 모르게 중얼거렸다.

"무슨 소리야?"

엉뚱한 말에 민재가 나를 봤다.

나는 죽서루에서 만난 아저씨 얘기를 들려주었다.

"누구나 저마다의 짐을 지고 산다고? 언제나 자기 몫의 짐이 가장 무겁게 느껴진다고? 맞는 말 같네. 나도 만났으면 좋았을걸."

민재가 핸드폰을 흔들며 웃었다. 이런 순간에도 유튜브를 생각하는 민재가 어이없었다. 하지만 한편으론 참 열심이구나 싶기도 했다. 뭔가에 오롯이 마음을 쏟고 싶은 일이나 취미가 있다는 건 참 좋은 일이란 생각도 들었다.

"엄마, 아빠는 돌아가셨어?"

선우가 물었다.

민재는 아무 말이 없었다. 나는 숨을 죽인 채 민재를 봤다.

그동안 보육원은 나와는 다른 세계의 아이들이 사는 곳이라고 생각했다. 그런데 민재처럼 어떤 이유로든 돌봐줄 사람이 없으면 언제든 보육원 아이가 되는 것이다. 그 사실이 충격적으로 다가왔다.

"그래, 이왕 말한 거 다 하지 뭐. 난 엄마랑 살았어. 기억 속에 아빠 모습은 없어. 엄마에게 물은 적도 없고, 엄마도 말해 주지 않았어. 엄마가 아빠 얘기 꺼내는 걸 싫어하셨거든. 그런데 6학년 때, 엄마가 갑자기 나를 보육원에다 버렸어. 난 엄마를 만나서 왜 나를 버렸는지 묻고 싶었어. 혼자서 얼마나 잘살고 있는 지도 보고 싶었고. 내가 원장님께 날마다 조르자 하는 수없이 원장님이 엄마를 수소문해 주시기로 했어. 난 기대에 부풀어서 학교생활도 열심히 했어. 그런데 몇 달이 지나도 원장님께 아무 소식이 없는 거야. 원장님은 여전히 수소문 중이래. 그런데 어느 날 원장님을 뵈러 원장실에 갔다가 엄마 이름이 적힌 쪽지를 발견했어. 주소도 있더라고."

"그럼, 지금 엄마 보러 가는 길이야?"

선우가 물었다.

"그게 작년 여름이야."

"못 만났구나?"

나도 모르게 어깨에서 힘이 빠져나갔다.

"못 만난 게 아니라... 안 만난 거야. 엄마를 보러 가려고 쪽지를 주머니에 넣고 가방을 챙겨서 보육원을 나왔는데 막상은 자신이 없더라고. 그래서 며칠 쏘다니다 무서워서 보육원으로 돌아갔어. 그리고 지난겨울 방학 때 다시 쪽지를 들고 보육원을 나왔지만 결국 끝까지 못 갔어. 보육원 가출하면 바로 경찰로 연결된대. 나도 들은 얘기라 잘은 모르지만 그렇대. 원장님께 며칠 어디 좀 다녀오겠다고 쪽지를 남기긴 했는데 혹시나 경찰에 연락했을지 몰라서 그랬어."

"엄마를 찾겠다고 가출했으면 끝까지 가야지. 왜 매번 되돌아가는데?"

"무서워서... 엄마가 보고 싶으면서도 두려워서. 다시 내칠까 봐. 보고 싶지 않다고 돌아가라고 할까 봐..... 그럼, 정말 못 견딜 거 같아서...."

민재가 웃었다.

이 상황에 웃다니. 웃는 게 혹시 습관인 걸까. 그 웃음이 더 슬프게 느껴졌다.

"엄마가 보고 싶으면서도 무섭고 두려워. 내가.... 싫은걸까 봐. 나를... 진짜... 버렸을까 봐."

민재의 목소리가 점점 잦아들었다.

문득 아저씨가 말 한 '짐' 얘기가 떠올랐다. 어쩌면 민재의 진짜 짐은 이거였는지도 모른다. 이런 큰 짐을 지고서도 밝게 웃으며 씩씩하던 민재. 내가 본 민재의 웃음은 사실은 처절한 절규요 울음이었던 거다. 그런 민재에게 부끄럽고 미안했다.

"민재야, 모든 것에는 때가 있는 거 같아. 우리 할머니가 작년 가을에 유난히 고향 얘길 자주 하시더라고. 그때 1박 2일로라도 함께 다녀올까 하는 생각을 했었어. 그런데 어차피 올여름에 할머니랑 동해 여행을 계획하고 있었기 때문에 그냥 꾹 참았어. 이중으로 돈 쓸 필요 없다 싶어서. 지금 가장 후회되는 게 바로 그거야. 그때 그냥 짧게라도 다녀올걸. 할머니가 정말 좋아하셨을 텐데. 그게..... 너무 마음 아파. 어차피 만날 생각이라면 빨리 만나는 게 나을지도 몰라."

선우가 민재를 봤다. 민재는 말없이 손톱으로 바위만 긁었다.

15

두 번째 약속

"환선굴 안 볼 거야? 할머니까지 우울해지시겠다. 씩씩하게 고고 씽!"

민재가 벌떡 일어서며 닦달하는 바람에 나도 선우도 일어나 걸었다.

얼마쯤 올라가자 모노레일 매표소가 나왔다.

선우는 환선굴 입구까지 20~30분은 등산하듯 올라가야 하니 갈 때만 모노레일을 타고 내려올 때 걸어오자고 했다.

기다린 시간에 비해 모노레일 타는 시간은 너무 짧았다. 그렇지만 산 위를 날아오르는 듯한 기분은 최고였다. 민재 일만 아니라면 우리 모두 신나게 비명을 질러댔을지 모른다.

모노레일에서 내려서자 벌써 냉장고 문 앞에 선 것처럼 시원한 기운이 밀려왔다.

동굴 안은 띄엄띄엄 조명이 있어 신비롭게 보였다.

"해설사님! 왜 아무 해설이 없습니까? 한결같이 책임을 다해야 진정한 해설사죠."

민재가 뒤에서 선우 허리를 쿡쿡 찔렀다. 그 바람에 선우가 간지럽다며 웃었다.

짐으로 치면 가장 무거운 짐을 진 민재가 아무렇지 않은 척 애쓰는 모습에 마음이 아팠다. 동굴 속이라 다행이었다. 아니면 얼굴에 드러난 감정을 숨기느라 곤욕이었을 것이다.

"자, 드디어 우리의 마지막 여행지 환선굴입니다."

'마지막?'

순간 정신이 번쩍 들었다. 그러고 보니 오늘이 4일째였다. 홀가분하면서도 뭔가 아쉬웠다.

해냈다는 기쁨, 선우에게도 선우 할머니에게도 내 나름의 도리를 한 거 같아 마음이 편했다. 아니 뿌듯했다.

"이곳 환선굴은 약 5억 3천만 년 전에 생성된 석회암 동굴로, 우리나라에서 가장 규모가 큰 동굴입니다. 지하수가 5억 년 동안 연한 석회암을 녹이고 깎는 바람에 환선굴이 탄생했지요. 수많은 종유석과 석순이....."

"종유석이 뭐야?"

민재가 툭 껴들었다.

"동굴 천장에 고드름처럼 매달린 것들이 종유석입니다. 땅에서 솟은 것처럼 생긴 것을 석순이라고 부르지요. 이곳 동굴의 연평균 기온은 10~15도! 서늘하다 못해 춥지만 이런 굴속에서도 생존하는 동물이 있다는 사실! 환선굴에서 발견된 동물은 무려 47종…. 윽!"

선우가 한쪽 발이 미끄러지면서 무릎이 반쯤 접혔다. 뒤에선 민재가 재빨리 선우를 붙잡았다. 동굴 속은 철다리로 연결하고 중간중간 은은한 불을 밝혀서 다니기 편했지만 천정에서 떨어진 물 때문에 미끄러웠다.

"야, 큰일 나겠다! 말하지 말고 바닥 보고 조심히 걸어. 할머니도 다 보고 느끼실 거야."

"그래, 그게 좋겠다."

민재가 내 말에 맞장구를 쳤다.

"그런데 이렇게 깊고 어두운 동굴에서 살아가는 생명이라니. 정말 놀랍……"

민재의 말소리는 이내 굉음을 내며 힘차게 쏟아지는 폭포 소리에 묻혀버렸다.

"야~~~~!"

갑자기 선우가 폭포를 향해 소리쳤다. 나도 모르게 주변을 돌아봤다. 아무도 없었다.

그사이 민재도 있는 힘껏 소리를 질렀다. 나도 질렀다. 우리는 어깨동무를 하고 다같이 목이 터져라 외쳤다. 속이 뻥 뚫리는 기분이었다.

깔깔대며 다시 걸음을 옮겼다. 도깨비방망, 거북이, 악어상, …종유석이나 석순의 모양 따라 이름도 가지가지였다.

"호, 소망 계곡이래. 다들 소원 비나 봐."

민재의 손끝을 따라가자 '소망석'이라고 적힌 곳 앞에 사람들이 두 손을 모르고 다소곳이 서 있었다.

"우리도 빌자."

민재도 소망석을 향해 서서 두 손을 모았다. 선우도 그 옆에 나란히 서서 두 손을 모았다.

민재의 소원은 엄마를 만나는 것일까? 아니, 엄마가 자신을 버린 게 아니길 간절히 바랄 거란 생각이 들었다. 선우는... 가늠이 되지 않았다. 할머니가 좋은 곳으로 가시길 소원하겠지 싶으면서도 혼자 남은 선우에게 간절한 뭔가가 더 있지 않을까? 이기적인 내겐 당장 선우의 앞날이 먼저 다가왔다. 하지만 앞날을 위해 뭘 빌어야 할까?

나도 모르게 한숨이 나왔다. 민재도 선우도 감당하기 벅찬 짐을 지고 있구나 싶었다.

옆에 있어달라며 아빠에게 매달리고 짜증 내던 순간이 떠올랐다. 선우나 민재에 비하면 넘치도록 가진 나. 선우와 민재 앞에서 한없이 부끄럽고 초라하게 느껴졌다.

"거긴 보건소도 의약품도 절실해. 모래벼룩이란 게 있어서 맨발로 다니는 애들의 갈라진 피부뿐 아니라 발톱까지 뚫고 들어가 알을 낳고 기생하거든. 얼마나 고통스럽겠니. 전갈 같은 맹독성 벌레에 물려 죽기도 하고, 물이 부족해서 오염된 물을 먹고 배탈이나 설사를 달고 살아."

말하면서 괴로워하던 아빠 얼굴이 떠올랐다.

나는 소망바위 향해 두 손을 모았다.

'가난한 아이들을 위해 떠난 아빠가.... 다치지 않고, 건강하게 해
주세요.'

눈을 뜨자 선우랑 민재가 나를 보고 있었다.

"우리 모두의 소원이 이루어지길!"

민재가 소망바위를 향해 다시 한 번 손을 모았다.

한결 발걸음이 가벼웠다.

'지옥교'라는 출렁다리를 지날 때는 덜덜 떨면서도 신나게 다리를
흔들었다.

모든 근심걱정이 말끔히 사라지는 기분이었다.

"아, 왜케 긴 거야? 끝이 어디야?"

민재가 팔뚝을 문지르며 말했다.

"환선굴은 전체 길이가 6.2km, 그중 1.6km 정도만 개방하고 있
대. 그러니까 굴 전체는 우리가 보는 구간의 4배 크기라라는 거지."

선우 말대라면 환선굴 전체가 개방되어도 완주할 수 있는 사람은
손에 꼽을 정도일 거 같았다.

시간이 지날수록 시원하다 못해 추웠다. 팔에 소름이 오소소 돋았
다. 그런데도 도무지 끝이 보이지 않았다. 너무 추워 배낭에서 옷을
꺼낼까 고민할 때쯤 '나가는 곳'이란 글자가 보였다. 살았다 싶을 만

큰 출구가 반가웠다.

밖으로 나오자 찜통 같다고 느꼈던 바깥공기가 따뜻하게 느껴졌다.

"아, 너무 열심히 봤나 봐. 배고파 죽겠다. 어디 가서 어서 점심
먹자."

민재의 배꼽시계가 한참 울어대는 모양이었다. 그새 점심때가 지
나 있었다.

우리는 환선굴 근처 식당에서 배부르게 점심을 먹었다.

"이제 여행 끝? 서울로 고고씽 하는 거냐"

민재가 선우와 나를 번갈아 보며 물었다. 선우는 시계를 보더니 생
각에 잠긴 듯 말이 없었다.

"영규야, 표 끊어줄게. 너 먼저 돌아갈래?"

"나 혼자? 넌?"

당연히 둘이 같이 돌아갈 줄 알았는데 뜻밖의 말에 놀라서 물었다.

"난 할머니랑 두 번째 약속이 남아 있어. 혼자 돌아가기 좀 그러면
기다렸다 같이 가도 좋고."

선우는 말하면서 배낭을 들어 보였다. 순간 할머니의 유골함이 떠
올랐다.

"두 번째 약속이 뭔데?"

궁금증을 못 참고 민재가 물었다.

"언젠가 할머니랑 텔레비전에서 장례풍습에 대한 다큐멘터리를 같
이 본 적 있어. 그때 할머니가 '나중에 내가 죽으면 나도 저렇게 화장

해서 나무 아래 뿌려줘라. 환경오염도 안 되고, 간단하니 좋네.' 그러셨거든. 할머니 고향이 이 근처야. 거기 할머니네 선산이 있대."

"수목장 말이구나. 할머니 세련되셨네."

민재가 아무렇지 않은 얼굴로 툭 내뱉었다.

나도 들어본 적이 있었다. 가끔 텔레비전에서 보기도 했다. 하지만 나와는 상관없는 일이라 딱히 거기에 대해 생각해 본 적이 없었다.

"맞아. 그때는 할머니한테 그게 무슨 소리냐며 막 화를 냈었어. 한 번도 할머니 죽음을 생각해 본 적이 없었기 때문에 더럭 겁이 나더라고. 그래도 그때 그런 얘기를 나눠서 참 다행이다 싶어. 아니면 할머니 유골을 어떻게 해야 할지 몰라 막막했을 거야. 장례식에서 할머니 영정 사진을 보는데 문득 그때 일이 생각나더라고."

"할머니 고향엔 가 봤어?"

내 말에 선우가 고개를 저었다.

"그럼 어떻게 찾아가?"

"바보 아냐? 주소만 알면 얼마든지 찾지. 네비가 있잖아."

내 말에 민재가 퉁바리를 주었다. 선우가 장단 맞추듯 수첩을 흔들며 웃었다.

"이미 가는 길 다 알아놨어."

선우가 훌쩍 커 보였다. 엄마의 카페나 물려받아서 편히 살 생각이나 하는 나랑은 아주 달라 보였다. 내가 선우였다면 어떻게 했을까. 생각만으로 눈앞이 아득해지는 거 같았다.

혼자 그 무섭도록 힘든 일을 해내고 있는 선우, 그런 선우를 혼자 두고 가는건 친구로서의 도리가 아니다. 여행의 마무리는 더더욱 아니다.

"야, 너무 하는 거 아냐? 같이 시작했으면 끝까지 같이 해야지."

서운한 얼굴로 선우를 째려봤다. 짧은 순간 선우의 얼굴이 환해졌다. 기분이 좋았다. 누군가에게 힘이 될 수 있다는 사실이 기뻤다.

"그럼! 같이 시작했으면 끝도 같이!"

민재가 구호를 외치듯 힘차게 말했다. 그러자 선우는 더 환하게 웃었다.

"말만 들어도 든든하다. 하지만.... 그게 마음만으로 되는 거 아닐 거야. 네 할머니도 아니고..."

"나를 겁쟁이로 만들 거냐?"

"같이 가 준다면 나야 좋지."

선우가 씩 웃으며 고개를 끄덕였다. 그러자 민재가 '난?'하는 표정으로 우리를 봤다.

"넌 이제 네 갈 길 가야지. 미루지 말고 이번엔 꼭 찾아가."

선우의 말에 민재가 고개를 떨구었다.

"선우야, 민재도 함께 가자. 둘보다는 셋이 낫잖아."

"민재만 좋다면 나야 좋지."

선우의 말에 민재 얼굴이 금세 환해졌다.

우리는 홀가분한 맘으로 선우의 두 번째 약속을 함께 하기 위해 출발했다.

선우가 수첩을 펴들고 앞장서고 나랑 민재는 뒤따랐다. 꼼꼼한 선우는 이미 노선 파악을 다 해둔 모양이었다.

"얼마나 가야 하는 거야?"

"여기서 1.2km 정도 가면 된대."

"1.2km면 얼마나 걸릴까?"

나는 거리에 대한 감이 전혀 오지 않았다.

"보통 사람이 걷는 평균속도가 분당 50m 정도래. 그러니까 보폭에 따라 다르겠지만 한 20분 정도 걸리지 않을까?"

선우의 말에 민재의 입이 딱 벌어졌다.

"그렇게 많이? 버스 같은 거 없어? 무슨 마을이 그렇게 많이 걸어야 해? 오지 탐험도 아니고."

"야, 여태 걸은 걸 생각해봐. 20분이면 껌이다, 뭐!"

"뭐, 그렇긴 하지."

내 말에 민재는 금세 고개를 끄덕이며 웃었다.

선우가 이끄는 대로 걸었다. 길을 따라 한참을 걸었지만 자동차 한 대 지나가지 않았다.

마침내 아스팔트 길이 끊어지고 갈림길이 나왔다. 양쪽 모두 자동차 1대가 지나다닐 정도의 시멘트 길이었다.

"이정표가 없네."

선우가 수첩을 든 채 난감한 얼굴로 중얼거렸다.

"네비, 켜봐."

민재의 말에 선우는 수첩과 양쪽 길을 보며 고민했다.

"야, 뭘 고민해. 네비 켜자니까."

민재가 다시 독촉을 했다.

그제야 선우는 마지못해 핸드폰을 꺼냈다. 핸드폰을 켜자 화면에 수십 통의 부재중 전화 표시가 떴다. 문자도 수십 개 정도가 와 있는 거 같았다.

나와 민재가 들여다보자 선우가 얼른 핸드폰을 들고 우리에게서 돌아섰다.

"뭐야? 너 사고 쳤냐?"

민재가 대뜸 소리쳤다.

선우가 '무슨 엉뚱한 소리냐?'는 표정으로 민재를 봤다.

"그렇잖아. 할머니랑 단둘이 살았다면서 무슨 부재중 전화가 그렇게 많이 와? 문자도 그렇고. 돈 떼먹고 도망쳤냐?"

"야, 선우 그런 애 아니거든."

내가 민재의 등을 짝 소리 나게 쳤다. 그렇지만 나도 의아하긴 했다. 내가 아는 선우는 친구가 거의 없었다. 친구들이라면 카톡이나 문자를 하지 저렇게 수없이 전화를 할 리는 없다.

선우는 네비의 안내에 따라 왼쪽 길을 따라 걸었다. 산모퉁이를 돌자 저 멀리 집 몇채의 작은 마을이 보였다. 길 왼쪽은 둔덕과 산이고 오른쪽은 옥수수밭이 펼쳐져 있었다.

선우는 줄곧 길 왼쪽 산을 보며 걸었다.

"저기다! 할머니 말 그대로야. 말 귀 모양의 바위랑 우뚝 솟은 소나무 세 그루!"

갑자기 선우가 소리쳤다. 목소리가 가늘게 떨렸다.

선우의 눈은 왼쪽의 비스듬한 둔덕에 멎어 있었다. 거긴 공동묘지마냥 크고 작은 묘들이 있고 뒤로는 말 귀 모양의 커다란 바위가 우뚝 서 있었다. 바위 양쪽에는 엄청나게 큰 소나무 세 그루가 호위하듯 서 있었다.

선우는 거의 날듯이 말 귀 모양 바위로 향했다. 잔디로 덮인 산소는 주기적으로 관리를 하는지 잘 다듬어져 있었다.

"어렸을 때 할머니가 이 바위에 올라앉아 놀았대."

선우가 바위를 가리켰다.

"저 바위에? 너네 할머니 엄청 말괄량이셨나 보다."

민재가 말하며 웃었다.

"여기 살던 때가 정말 행복하셨대. 그 후론 할아버지 만나 이리저리 떠돌아다니며 힘들게 사셨대."

선우는 말하면서 배낭에서 유골함을 꺼냈다. 모종삽도 꺼냈다.

커다란 소나무 아래, 마을이 내려다보이는 쪽으로 땅을 팠다. 꽁꽁싸맨 천을 풀고 유골함을 열었다. 뽀얀 가루를 보자 기분이 이상했다. 한 사람이 죽고 나면 저렇듯 조그만 나무 상자에 담길 정도밖에 안 된다니. 그 작고 가벼움에 울컥 목이 메었다.

선우가 천천히 유골함에서 뼛가루 한 줌을 집어서 제법 넓게 판 구덩이에 천천히 뿌렸다.

선우 얼굴은 정말 진지했다.

"너희들도 뿌려볼래?"

선우가 물었다.

더럭 겁이 났다. 누군가의 뼈를 만진다는 게 그다지 기분 좋은 일은 아닐 거였다.

내 마음을 알아챘는지 선우는 씩 웃더니 마저 뿌리고 마침내 유골함을 뒤집어서 탁탁 털었다. 통에 남아 있던 가루가 먼지처럼 날리며 바닥으로 떨어졌다.

선우는 다시 흙을 덮어서 꾹꾹 눌렀다. 그 위에 걷어냈던 풀 더미를 다시 덮었다.

"할머니, 그동안 나 때문에 고생 많았지? 여기서 편히 쉬어. 나중에……."

선우의 말끝이 흐려졌다.

돌아보니 선우 어깨가 흔들리고 있었다. 선우의 어깨에 손을 얹었다. 배낭을 멨을 때는 몰랐는데 예전의 통통하던 그 어깨가 아니었다.

"나, 사실…. 여기 올 때까지 얼마나 걱정했는지 몰라. 할머니 말이 진짜가 아니면 어쩌나 싶어서."

선우의 말이 이해되지 않아 고개를 돌려 민재를 봤다. 민재도 나를 봤다. 우리는 눈을 마주한 채 끔뻑거렸다.

"할머니의 선산 얘기가 거짓말일까 봐. 그럼 할머니를 어디다 모셔야 할지……."

"뭔 걱정이야. 바다에 뿌리면 되지. 드라마에서도 그러잖아."

민재가 선우 등을 툭 치며 말했다.

"그건 불법이래. 내가 알아봤는데 바다장이라고 따로 모시는 곳이 있다더라고. 돈 없으면 마음대로 묻히지도 못해."

선우가 일그러진 얼굴로 웃었다. 민재가 엄마 얘기하며 웃을 때처럼. 코끝이 찡하면서 눈물이 핑 돌았다. 얼른 선우에게서 고개를 돌렸다.

"할머니가 선산 얘기했을 때 거짓말일 거라고 생각했어. 돌아가신 뒤에 혼자 남은 내가 할머니 모실 곳이 없어 걱정할까 봐 하는 말인 줄 알았어. 할머니가 그러셨거든. '돈 없는 사람은 납골당에도 못 가야. 것두 집이나 매한가지야. 돈 주고 빌리는 거거든.' 정말 그렇더라고. 몇 년마다 돈을 지불해야 한대. 그러다 내가, 아니 돌볼 후손이 없으면 유골함은 어떻게 되는 걸까? 그런 생각 때문에 마음이 무거웠거든……. 정말 다행이야. 할머니 말이 사실이라서! 할머니 모실 선산이 진짜로 있어서."

선우가 웃었다. 정말 환하게 웃었다.

웃는 얼굴 위로 눈물이 흘러내렸다. 울면서 웃는다는 얘기를 들어봤지만 눈으로 보는 건 처음이었다. 하지만 선우의 마음이 충분히 헤아려졌다. 나라도 그럴 거 같았다.

"가자, 삼척까지 가려면 부지런히 서둘러야지."

선우가 일어서며 힘차게 말했다.

우리는 건너편 산마루에 걸린 붉은 노을을 보며 산을 내려왔다.

마지막 숙제

　나는 어젯밤 계획을 떠올리며 선우와 비밀스럽게 눈빛을 주고받
았다.

　"자, 가자."

　"어디로?"

　내 말에 민재가 눈을 동그랗게 떴다.

　"그건 네가 말해 줘야지."

　이번에는 선우가 말했다.

　민재는 무슨 뜻인지 몰라 나를 봤다가 다시 선우를 봤다가 했다.

　"마지막 숙제가 남았잖아."

　선우가 쐐기를 박듯 단호히 말하자 민재는 이마를 찌푸렸다. '숙제
라니, 무슨 지겨운 소리야?' 하는 표정이 역력했다. 그 모습이 우스워

나도 모르게 킥킥 웃음이 터졌다.

"쪽지 내놔."

선우가 민재를 향해 손을 내밀었다.

그제야 무슨 말인지 눈치를 챈 민재가 가방에서 쪽지를 꺼냈다. 접힌 쪽지는 얼마나 만지작거렸는지 나달나달했다. 게다가 접힌 쪽엔 글씨가 헤져서 잘 보이지도 않았다.

나랑 선우는 쪽지를 보다가 난처한 얼굴로 민재를 봤다.

"상관없어. 내 머릿속에 다 있으니까. 저절로 외워지더라고."

민재가 말했다. 역시 눈치 하나는 빠른 녀석이다.

"근처까지는 갈 수 있어."

민재는 두리번거리는 일도 없이 곧장 버스정류장으로 향했다.

버스를 세 번 갈아타고 도착한 곳은 항구 근처였다.

민재는 제법 큰 마을의 정자 앞에서 걸음을 멈추었다.

"여기서부턴 네비를 켜야 할 거야. 난 유튜브에 동영상 올리느라 데이터를 다 써버렸어."

민재의 말에 나는 선우를 봤다. 선우는 나를 봤다.

"난 안 돼. 어젯밤 게임을 해서 배터리가 바닥났어."

나는 핸드폰을 켜고 15%라고 뜬 배터리 상태 표시등을 가리켰다. 다음 순간 나와 민재의 눈은 자연스레 선우에게로 향했다.

"나도 안 돼!"

선우가 딱 잘라 말했다.

"왜 안 돼? 통화도 안 하면서 만날 충전은 열심히 하더만."

"너 데이터 나갈까 봐 그러지? 야, 치사하게 그럴 거야? 나중에 내가 갚아 주께. 이왕 도울 거면 확실히 도와야지. 좀 켜봐."

민재가 선우의 팔을 흔들며 애교를 섞어서 말했다. 보는 우리가 다 창피할 지경이었다.

"윽, 토 나오겠다. 그만해."

선우는 배낭에서 핸드폰을 꺼내 켰다.

로딩 음이 울리고 켜졌나 싶었는데 문자함에 빨간 숫자가 수십 개는 달려 있었다. 부재중 전화도 수십 개는 되는 거 같았다.

"헐, 또 네. 도대체 그게 다 뭐냐?"

"혹시 여행비 마련하려고 도둑질이라도 했냐?"

내 말에 민재도 눈이 휘둥그레져서 목청을 보탰다. 하지만 선우는 그다지 놀라지도 않았다. 그저 몸을 돌려 핸드폰을 가렸다.

"뭐냐? 전화 올 친구도 없다며?

민재가 이마를 찡그리며 고개를 갸웃거리다가 갑자기 손뼉을 쳤다.

"그렇지. 여친! 친구는 없어도 여친은 있을 수 있지. 이 정도 얼굴이면 뭐."

민재가 선우의 얼굴을 손짓하며 웃었다. 그 말에 나는 낄낄대며 손사래를 쳤다. 내가 아는 선우는 여자 친구에게 저렇게 매몰차게 할 정도로 마음이 모질지 못했다.

"내 엄마라고 말하는 어떤 아줌마."

선우가 표정 없는 얼굴로 짧게 말했다. 순간 나도 민재도 고드름이 되어 서로를 멀뚱거리며 봤다.

"엄마? 너 할머니랑 둘이 사는 거 아니었어? 엄마 계신단 말 한 번도 안 했잖아."

"나 할머니한테 맡겨 놓고 재혼했어. 여태 한 번도 안 찾아왔고."

선우 목소리는 서늘하리만치 냉담했다.

"좋겠다. 넌 그래도 엄마가 먼저 너를 찾잖아."

선우는 대꾸가 없었다. 그저 핸드폰 네비의 주소창 화면을 민재 앞으로 내밀었다. 민재가 주소를 써넣었다.

네비를 따라 큰길을 걷다가 골목으로 꺾어들었다. 다시 좁은 골목으로, 더 좁은 골목으로, 마치 미로 속을 걷는 기분이었다. 네비가 없다면 절대 찾을 수 없을 거 같았다.

마침내 네비의 물방울무늬가 '목적지 도착'을 알렸다. 거기 낡고 초라한 2층짜리 건물이 서 있었다. 마당에서 고추를 늘던 뽀글뽀글 파마머리 아줌마가 우리를 돌아봤다.

"우리 지하에 살던 아줌만데, 그 아줌마는 와 찾노?"

선우가 민재 엄마의 이름과 주소가 적힌 종이를 내밀자 아줌마가 물었다.

"얘가 아들인데요……."

"에구, 네가 아들이가? 진작 올 것이지. 아픈 몸으로 얼른 돈 벌어 아들 데려오겠다고 악착같이 일했구만. 그러믄 뭐하노. 하루 일하면

이틀 아프니 누가 일자릴 줄라하나. 날품팔이나 하자니 언제 돈이 모이겠는가. 병만 깊어져 결국 요양원으로 갔다."

아주머니의 말에 민재는 고개를 떨어뜨렸다.

"언제요?"

내가 물었다.

"올봄에 갔는데 워낙 안 좋아서 아직 버티고 있는가 모르겠구만."

아주머니는 혀를 차며 요양원 이름을 알려주었다.

우리는 다시 버스 정류장으로 향했다. 네비를 켜고 '길 찾기'를 검색했다.

노선을 알아냈지만 도무지 버스가 올 생각을 안 했다.

40분이나 기다려서야 겨우 타고도 한 번 더 갈아탔다. 버스에서 내려서는 이정표가 있어 헤매지 않고 곧장 요양원으로 향했다.

막상 도착하자 민재는 자꾸만 안으로 들어가기를 미뤘다.

"안 되겠다. 그냥 우리가 가서 물어볼게."

민재를 밖에 두고 나와 선우가 건물 안으로 들어갔다.

"그분과는 어떤 사이니?"

안내대의 직원이 물었다.

"친구의 엄마 되세요."

선우의 말에 직원은 안타까운 얼굴을 했다.

"어쩌니. 얼마 전에 돌아가셨는데.... 잠깐만! 그분이랑 특별하게 지낸 분이 계신데 만나 볼래?"

선우가 나를 봤다.

"잠깐만요."

우리는 건물 밖으로 향했다. 민재에게 뭐라고 말해야 할지 난감했다. 민재가 지을 표정을 생각하니 입이 안 떨어졌다.

무심한 척하더니 민재는 입구에서 이쪽을 뚫어지게 보고 있었다. 우리가 나가자 얼른 고개를 돌려 출구 쪽을 봤다.

선우와 나는 민재 눈치를 보며 뭐라고 말을 꺼내야 할지 몰라 밍기적거렸다.

"왜, 여기가 아니래?"

"아니, 맞긴 한데..... 얼마 전에 돌아가셨대."

선우가 어렵게 말했다. 민재는 그대로 서 있었다. 못 들었나 싶어 민재를 봤지만 꽉 쥔 주먹을 보고서야 제대로 들었구나 싶었다.

"엄마랑 가까이 지내던 분이 계시다고 만나볼 거냐고 묻던데……."

"만나보면 뭐해. 그만 가자."

민재가 터덜터덜 앞장서 걸었다.

"학생! 얘들아, 기다려봐!"

그때 뒤에서 누군가 소리쳤다. 돌아보니 젊은 간호사가 할머니가 탄 휠체어를 밀며 바삐 다가왔다.

"잠깐만 기다려!"

이번에는 할머니가 손짓까지 하며 소리쳤다. 나랑 선우는 우뚝 멈춰 서서 민재와 할머니를 번갈아 봤다. 민재는 멈춰 서서 발로 바닥을 툭툭 차더니 마침내 천천히 할머니 쪽으로 걸어갔다.

간호사가 둘이 얘기하라는 듯 뒤로 멀찍이 물러서서 다른 곳을 봤다. 나와 선우도 조금 떨어진 의자에 앉았다.

할머니가 민재의 손을 잡고 있었다. 민재는 고개를 떨어뜨린 채 할머니의 얘기를 듣고 있었다.

"그래도, 그게 아니잖아요! 힘들어도 같이 사는 게 버림받았다는 고통보단 낫다고요. 부모에게 버림받았다는 생각이 사람을 얼마나 비참하고 슬프게 하는지 아세요?"

갑자기 민재의 울부짖는 목소리가 들렸다. 어깨를 들썩이는 걸 보니 우는 모양이었다.

나랑 선우는 어리둥절해서 마주 보다가 민재 쪽으로 주춤거리며 다가갔다. 그러자 할머니가 민재의 어깨를 다독이며 우리를 향해 괜찮다는 고갯짓을 했다. 그 바람에 우리는 멈춰 섰다.

"엄마한테 버림받은 자식이 누구에게 사랑받겠어요. 누가 사랑해주겠냐고요! 차라리 사실대로 말해주는 게 나아요."

"그래, 엄마는 거기까진 생각 못 했을 거다. 엄마가 좀 더 나이를 먹었다면 거기까지 헤아릴 수 있었겠지. 너한테 희망을 주면 네가 복지원에서 적응하지 못하고 겉돌까 봐.... 엄마는 그걸 걱정하신 거야. 아픈 몸으로 같이 살았다면 너도 엄마도 더 힘들었을 게다."

할머니는 민재의 등을 가만가만 쓸어주었다.

우리는 민재가 맘 편히 울 수 있도록 조금 떨어진 곳으로 자리를 옮겼다.

"민재 힘 빠지겠다. 차라리 안 오는 게 나을 뻔했어. 그럼 살아 계시다고 희망이라도 품을 텐데."

"헛된 희망을 갖는 거보단 진실을 아는 게 나을지도 몰라. 최소한 이제 방학 때마다 가출해서 삼척을 배회하진 않을 테니까."

선우가 눈을 멀리 둔 채 말했다. 듣고 보니 그 말이 맞는 거 같았다. 확실히 선우는 나보다 생각이 깊다.

"넌, 계속 엄마 안 만날 거야?"

"버리고 떠난 사람 봐서 미혜."

선우의 목소리는 모든 걸 내려놓은 듯 평온했다.

민재는 한참 만에 돌아왔다. 눈이 빨겠고 손에는 누런 봉투가 들려 있었다.

우리는 말없이 정류장으로 향했다.

"배고프다."

민재의 입에서 뜻밖의 말이 튀어나왔다.

나와 선우는 어리둥절해서 동시에 민재를 봤다.

"뭘 봐. 배 안 고파? 우리 여태 점심 못 먹었잖아."

민재 말 대로였다. 민재처럼 나와 선우도 긴장을 한 탓인지 점심때가 지났지만 배고픈 줄도 몰랐다. 그런데 민재의 말을 듣자 정말 숨을 쉴 수 없을 만큼 배가 고파왔다.

우리는 근처 식당으로 들어갔다. 된장찌개에 밥을 배불리 먹고 나자 기운이 불끈 났다.

어디로 갈지 서로 묻지도 않고 그냥 걸었다.

"이제 괜찮아. 엄마가 나를 버린 게 아니라는 걸 알았으니까. 엄마도 줄곧 나를 보고 싶어 했대. 얼른 나아서 나랑 꼭 같이 살고 싶어 했대."

민재가 웃으며 말했다. 그런데 눈에 눈물이 그렁그렁했다. 손바닥으로 얼른 쓱 닦아서 걷어내며 다시 우리를 향해 웃었다.

민재는 줄곧 들고 있던 봉투에서 뭔가를 꺼냈다. 작은 액자였다. 액자 속에는 민재를 안고 있는 아줌마가 있었다. 아줌마는 환하게 웃고 있었다. 액자 틀이 닳아서 반질반질 윤이 났다. 민재가 반질반질한 액자 틀을 손으로 가만가만 만졌다.

"그 할머니가, 내가 와서 너무 기쁘대. 아니면 이걸 누구에게든 맡겨야 하는데 나한테 전해질 수 없을 거 같아서 내내 마음 졸이고 계셨대. 할머니도 많이 아프신가 봐."

민재의 말에 우리는 말없이 고개만 끄덕였다.

"우리 엄마, 아파서 많이 힘들어했대. 이제 하늘나라에서 편안히 쉴 수 있을 거래. 그러니까 괜찮아. 나중에 하늘나라 가서 보면 되지 뭐."

민재가 웃었다. 여태 봤던 웃음이랑은 달랐다. 정말 편안해 보였다.

"선우야, 네가 그랬잖아. 다 때가 있는 거 같다고. 그 말만 아니었으면 이번에 용기 내지 못했을 거야. 고마워. 그리고 너도 그만 엄마 전화도 받고……."

"그렇게 쉽게 말하지 마. 너희 엄마는 아파서 어쩔 수 없었잖아. 우리 엄만 혼자 잘 살려고 나 떼놓고 재혼한 거야. 그러니까 네 엄마랑은 경우가 달라!"

선우가 와락 소리를 질렀다. 선우가 이렇게까지 화를 내는 모습은 처음이었다.

"쉽게 말하는 거 아냐. 네가 얼마나 힘들지 알기 때문에 하는 말이야. 그래 봐야 너만 지옥이야. 그래도 넌 그동안 너를 사랑하시는 할머니랑 살았잖아. 네가 나보다 지옥이었겠냐?"

민재 목소리는 담담했지만 그만큼 힘이 있었다.

나는 둘 사이에서 입이 떨어지지 않았다. 그들에 비하면 나는 얼마나 누리고 살았는가. 그들에게 이래라저래라 말을 보탤 처지가 아니란 생각이 들었다. 그리고 그들은 이미 내 또래가 아닌 치열한 어른의 삶에 훨씬 더 가까이 다가가 있는 느낌이었다.

"어쩌면 우리 엄마처럼 뭔가 말 못 할 사정이 있는지도 모르잖아."

"도인 나셨네. 어제는 그렇게 날을 세우더니. 그게 다 네 일이 아니니까 그런 거야. 내 입장이었다면 그런 말 안 나올걸. 사정은 무슨 사정! 그래, 누구나 사정은 있겠지. 그럼 혼자 씩씩하게 영규 키우며 사시는 아줌마는 그럼 신선인가? 세상에 신선 엄청 많더라."

선우의 입이 비틀렸다.

'혼자 씩씩하게 영규 키우며 사시는 아줌마!'

친구 입에서 나와 엄마 얘기를 들으니 기분이 이상했다. 나와 내 엄마가 아니라 제삼자의 다른 누군가를 보는 듯 객관적으로 느껴졌다. 처음으로 엄마가 그냥 내 엄마가 아닌, 수많은 사람들 속에서 참 괜찮은 모습의 엄마로 보였다. 씩씩하게 혼자 나를 키우고 있는 엄마가 빛나 보였다. 대단해 보였다. 물론 아직은 엄마랑 아빠가 헤어진 건 아니다. 아빠가 꼬박꼬박 생활비도 보내준다. 그렇지만 어쨌든 엄마는 혼자 나를 돌보며 키우고 있다. 그동안 당연하게만 생각했던 그 일이 결코 당연한 일만은 아닌 거구나 싶었다.

"미안해. 내 입장에서 말해서. 하지만 난 다 잊고 엄마의 진심만 생각하며 살려고. 넌 네 할머니의 진심과 사랑을 생각하며 살았으면 좋겠다. 네 선택이 어느 쪽일 때 할머니가 더 기뻐하실까도 생각해 봤으면 좋겠어. 나처럼 혼자 화내고 괴로워하며 밍기적거리다 늦어지기전에. 엄마한테 변명 같은 말이라도 들을 기회, 아니 할 수 있는 기회를 드리는 게 나중에 후회를 줄이는 방법이 아닐까 싶어서 말하는 거야. 선택은 뭐 너한테 달렸지."

민재가 어른처럼 느껴졌다. 장난기 많고 헛소리나 쩍쩍해댄다고 생각했던, 내가 그동안 보아온 그 민재가 맞나 싶었다. 환경에 따라 사람 생각의 폭은 이리도 차이가 나나 싶기도 했다.

선우는 더 이상 아무 말이 없었다. 우리는 천천히 버스 정류장으로 향했다.

흐르는 강물처럼

민재가 부산을 떠는 바람에 억지로 눈을 떴다.

여태 함께 여행하면서 민재가 먼저 일어나는 건 처음이었다. 뭔가 잔뜩 기대에 찬 얼굴이었다.

"하룻밤만 더 자고 가자, 응? 셋이 꼭 함께하고 싶은 일이 있단 말이야!"

어제저녁 민재가 졸랐었다.

민재 마음이 우울할 거 같아 나도 선우도 응하고 말았다. 방학이니 바쁠 일도 없고 시간을 다툴 만한 것도 없으니 상관없었다.

"헤이, 어서 나와. 내가 특별히 아침상 봐 놨다 오바!"

텐트 밖으로 나오니 돗자리에 김이 모락모락 나는 컵라면 세 개와 햇반에 김치까지 있었다.

컵라면에는 참치와 잘게 썬 김치까지 들어가서 얼큰하면서도 고소했다. 빨간머리 형이 끓여준 라면만큼이나 맛있었다. 그날 아침처럼 우리는 땀을 뻘뻘 흘리면서 맛있게 먹었다.

"어디 가는 진 모르지만 생각 없이 따라가니 좋네."

앞장선 민재를 따라가며 선우가 웃었다.

그동안 앞에서 이끄느라 힘들었던 모양이다. 줄곧 아무 생각 없이 따라만 다닌 것이 미안하게 느껴졌다.

버스에서 내려 '삼척 레일바이크'란 안내판을 봤을 때야 나도 선우도 민재가 꼭 함께하고 싶은 일이 무엇인지 알아챘다.

"나 땜에 못 탔잖아. 마지막으로 셋이 신나게 달리자!"

"이거 예매해야 하는 건데?"

"걱정 마. 어제 인터넷으로 했어. 다행히 누가 취소했는지 4인승 한 자리가 있더라고."

민재는 자랑이라도 하듯 어깨를 쫙 폈다.

"너희 둘이 앞자리에 앉아서 실컷 바람맞아라!"

나는 둘을 앞으로 밀고 뒷자리에 앉았다.

표현은 안 하지만 할머니를 떠나보낸 선우도 엄마를 떠나보낸 민재도 지금 마음이 더없이 우울할 것이다. 달리며 속이 뻥 뚫리길 바랐다.

드디어 레일바이크가 달리기 시작했다.

"영차, 영차!"

민재의 구령에 우리는 다 같이 힘껏 페달을 밟았다.

무성한 소나무 숲 사이를 달렸다. 얼마쯤 달리자 소나무들이 듬성 듬성해지면서 푸른 바다가 보이기 시작했다. 이내 푸른 바다가 잡힐 듯 가까워지면서 넘실대는 파도가 거대한 거품 밭을 만들어냈다. 여기저기서 "와!"하는 환호성이 울려 퍼졌다.

요란한 파도 소리를 뚫고 달리니 속이 확 트였다.

휴게소에서 잠시 정차해서 주변을 감상하며 바다를 배경으로 사진을 찍었다. 민재는 그새 핸드폰을 꺼내 진지하게 동영상 촬영을 하고 있었다. 나도 주변 풍경을 부지런히 카메라에 담았다.

다시 페달을 밝고 달리니 이번에는 터널 쇼가 시작되었다. 신비의 해저 터널, 번개가 치는 듯한 레이저 쇼, 푸른 하늘에 수많은 은하수가 뿌려진 듯한 터널을 지나기도 했다. 색색의 전구 조명으로 펼쳐내는 빛의 예술, 다양한 각각의 터널은 환상적이었다. 그러는 사이 1시간이 순식간에 지나갔다.

"와, 타길 정말 잘했어. 속이 확 뚫린다. 고맙다 민재야!"

선우가 헝클어진 머리를 매만지며 활짝 웃었다. 온몸 가득 환한 기운을 가득 채운 듯 환해 보였다.

나도 민재를 향해 엄지를 치켰다.

"히히, 그럴 줄 알았어! 어, 이벤트 행사하나 봐."

민재 손가락을 따라가자 레일바이크 여러 대를 이어 붙인 모형이 서 있고 모형에는 뜨거운 여름, 특별한 이벤트!

느린 우체통으로 뜨거운 사랑을 배달해 드립니다!

라는 글귀가 적혀 있었다. 모형 옆에는 빨간 우체통이 서 있었다. 우편물 투입구 아래에는 '즐겁고 행복한 추억을 1년 후, 친구 또는 사랑하는 이에게 전해드립니다.'라는 글귀가 하얀색으로 인쇄되어 있었다.

"1년 후에 받는대. 그래서 느린 우체통이구나. 자, 특별한 이벤트엔 특별히 응해야지?"

민재가 레일바이크 모형 위에 비치된 볼펜과 엽서 세 장을 들고 왔다.

"엽서는 내용이 다 보이잖아. 난 편지로 할래."

선우는 편지지랑 봉투를 챙겨 들고 비어있는 탁자로 향했다.

민재가 쥐어준 엽서를 보며 제일 먼저 떠오른 사람은 아빠였다. 하지만 아빠가 계신 곳은 주소를 모른다.

뭔가를 열심히 쓰고 있는 선우와 민재를 보며 나는 천천히 펜을 들었다.

그새 다 썼는지 민재가 핸드폰을 들고 나와 선우를 배경으로 사진을 찍어댔다.

"이제 터미널로 가야지? 버스정류장까지 한 150미터 걸어야겠다."

내가 엽서를 느린 우체통에 넣고 나자 민재가 말했다.

"햐, 하도 걸었더니 150미터는 껌이다."

내 말에 선우가 소리 없이 웃었다.

깜깜무소식이네. 아예 가출로 돌릴 작정이야?

엄마에게 문자가 왔다. 어제 문자 보내는 걸 깜빡한 탓이었다.

갑니다, 어머니! 지금 고속버스 터미널로 가고 있습니다.

답장을 보내는데 민재가 빨리 오라고 손짓을 했다.

저만치서 정류장으로 달려오는 버스가 보였다. 우리는 전속력으로 달려서 겨우 올라탔다.

한 시간가량 달려 삼척터미널에 도착했다.

나는 '삼척고속터미널'이라고 적힌 간판을 올려다봤다.

3박 4일 일정이 5박 6일이 되었다. 1년은 흐른 듯한 긴 시간이 겨우 6일이란 사실이 믿기지 않았다. 이제 진짜 여행의 끝이구나. 가슴이 찌릿해왔다.

"민재야 네 표까지 세 장 끊는다."

선우가 터미널 안으로 들어가며 말했다. 그러자 민재가 손을 내저었다.

"아니, 두 장만. 난 엄마 좀 보고 가려고."

"엄마?"

선우가 눈을 동그랗게 부풀렸다. 나도 놀라 선우를 봤다. 순간적으로 민재가 정신이 어찌 된 게 아닐까 싶었다.

"야, 그런 눈 하지 마. 어제 그 할머니가 엄마가 무연고자 납골당에 계시다고 말해주더라고. 운이 좋았대. 그동안 무연고자들은 그냥 화장해서 자연에 뿌렸대."

"아, 그랬구나. 다행이다. 같이 가 줄까?"

선우가 말하면서 나를 봤다.

"당연히 함께 가야지. 여태 함께했는데."

"고맙지만 너희들 먼저 올라가. 나, 엄마랑 할 얘기가 있어서 그래. 이번엔 정말 혼자 가보고 싶어."

민재의 눈이 진지했다. 많은 생각을 품은 어른스러움이 느껴졌다.

"그래, 그럼. 그런데 이렇게 오래 연락 안 해도 돼? 가출이라면서?"

"걱정 마. 나 그렇게 막 가는 애 아니거든. 원장님께 연락드렸어."

민재의 말에 선우는 흡족한 얼굴로 표를 끊어 왔다.

우리는 터미널 밖으로 나와 나무 그늘 아래 나란히 앉았다.

"아직도 마음이 어수선해?"

내가 물었다. 민재가 고개를 저었다.

"이제 편해. 뭐든 그렇잖아. 결론이 나기 전까지가 혼란스럽고 힘들지. 끝을 보고 나면 한편으론 홀가분해. 이번 여행 덕에 깨달은 것도 많고…. 난 보육원 밖의 아이들은 다 나보다 나은 줄 알았어. 그런데 꼭 그렇지도 않더라고."

"지금 우리 말하는 거냐?"

내가 주먹을 불끈 쥐어 보이자 민재가 웃었다.

"난, 늘 불행하다고 생각해 왔어. 내 불행 때문에 나보다 더 불행한 친구의 아픔과 고통을 들여다볼 수 없었지. 진심으로 해주는 충고도 삐딱하게 받아들였으니까."

민재는 과거의 어느 날에 멈춰진 듯 얼굴이 어둡게 일그러졌다.

나도 선우도 말없이 민재의 다음 말을 기다렸다.

"언젠가 복지원 친구가 한 말이 잊히질 않아. '넌 그래도 언젠가는 만날 수 있는 엄마가 있잖아. 부모가 누군지, 왜 버렸는지조차 모르는 나 같은 아이는 그런 작은 희망조차 없어. 그게 어떤 기분인지 알아? 망망대해에서 나 혼자 불어오는 비바람, 파도와 맞서 싸우는 거야. 그러다 침몰해도 아무도 모를걸. 아무도 관심이 없으니까. 나를 왜 버렸냐, 그렇게 힘들었냐, 따질 사람마저 없어. 그 막막함을 네가 아냐?' 그러더라고. 그런데 그때는 그 말이 귀에 안 들어오더라."

민재가 발끝으로 바닥을 툭툭 찼다.

선우의 눈은 멀리 어딘가를 향해 있었다.

"그런데 이제 그 친구의 말이 이해가 되네. 사람은 늘 자기 입장에서만 생각하게 되나 봐. 부모가 있다는 건 그래도 마음만이라도 기댈 곳이 있는 거잖아. 마음 한 가닥 희망이 있다는 거야. 나를 버린 것에 대해 용서를 하든, 안 하든 내가 울부짖으며 외칠 수 있는 출구가 있으니까. 하지만 나는 이제 그마저도 없다."

민재는 말을 하면서 선우를 봤다. 선우는 여전히 멀리 어딘가에 눈을 두고 있었다. 간혹 눈썹이 꿈틀거리는 걸 보면 귀를 닫고 있는 건 아닌 모양이었다.

"하지만 엄마가 너를 버린 게 아니란 걸 알게 됐잖아."

나는 조심스레 말을 건넸다.

"그렇지! 그나마 그래서 힘이 나. 너희들 덕분에 여기까지 올 수 있었어. 더 일찍 엄마를 찾아왔더라면 좋았겠지만 더 늦지 않아 다행이야. 시간이 좀 더 지났다면 아까 그 할머니마저도 못 만났을 테니까. 이 사진도 내 손에 올 수 없었겠지."

민재가 배낭 속의 사진을 보듯 배낭을 톡톡 두드렸다.

그 소리 때문인지 선우가 마침내 민재에게로 고개를 돌렸다.

"앞으로 어떻게 할 거야? 거기 계속 있을 수 없다며?"

"뭐 나만 그런가? 복지원 애들 다 마찬가진 걸."

"긍정적이라 좋다."

"없는 게 많으니 그거라도 있어야지. 안 그렇냐?"

민재는 언제나처럼 밝게 웃었다.

"내 걱정은 마. 난 영규가 없는 '꿈'도 있잖아. 빨강머리 형 말대로 내게 필요한 건 '아이디어와 끈기'야. 그 정도는 자신 있어!"

민재 말에 얼굴이 후끈거리면서도 이상하게 화가 나진 않았다.

민재를 보며 아빠랑 캠핑 갔던 날이 불쑥 떠올랐다. 6학년 초가을 무렵이었던 거 같다.

잔디밭에서 신나게 공을 차고 물가로 땀을 씻으러 갔다. 아빠는 얼굴을 씻다 말고 졸졸 요란한 소리를 내며 흘러가는 강줄기를 멍하니 바라봤다.

"영규야, 인생은 흐르는 저 강물 같아. 흘러가다 커다란 돌에 부딪혀 튕겨 오르기도 하고 어쩔 수 없이 돌아서 느리게 가기도 하지. 하지만 내가 원한다고 해서 뒤로 되돌아갈 수도, 흐르는 걸 멈출 수도 없어. 밝은 낮이나 깜깜한 밤이나 앞으로만 흘러가야지. 두려우면 두려운 대로 기쁘면 기쁜 대로. 너도 흐르는 저 강물처럼 두려우면 두려운 대로 슬프면 슬픈 대로 묵묵히 그냥 흘러가렴. 그렇게 흘러가다 보면 깊고 넓고 고요한 호수를 지나 바다에도 닿을 거야."

선우도 민재도 지금의 아픔을 지나면 죽서루의 오십천처럼 깊고 고요한 순간을 맞게 될까? 남을 위해 힘든 길을 나선 아빠는 아직도 호수일까, 아니면 아주 고요한 바다에 닿은 걸까?

"차 시간 다 돼가. 할 말 있음 얼른 해."

선우의 목소리에 고개를 돌렸다.

민재가 나와 선우를 번갈아보며 뭔가 말을 할듯 말듯하고 있었다.

선우의 말에 민재가 쭈뼛거리다 입을 열었다.

"말할까 말까 계속 고민했는데.... 아무래도 해야겠다. 네가 나쁜 놈이라고 해도 할 수 없지."

민재의 눈길이 선우에게 멎어 있었다. 선우가 눈을 부풀리며 민재를 빤히 봤다.

"사실 그때 네 배낭, 내가 훔쳤었어."

나도 선우도 크게 뜬 눈만 데굴거렸다. 선뜻 이해가 되지 않았다.

"생태공원인가 하는 곳에서 말이야. 네가 배낭을 하도 애지중지하기에 돈다발이라도 한가득 든 줄 알았지. 딱 보니 금수저 같아서 나같이 어려운 사람이 금수저 돈 좀 나눠 쓰면 어때 싶었거든."

그제야 생태공원에서 다 같이 낮잠을 자고 났을 때의 일이 떠올랐다. 그때 배낭도 민재도 사라져서 민재 짓이라고 단정 지었을 즈음 민재가 나타났었다.

"어떻게 그럴 수가 있어?"

선우가 노려봤다.

"니들이 금수저인 줄 알았지. 중3이 며칠씩 여행이나 다니지, 게다가 유학까지 간다니 당연히 부잣집 도령인 줄 알았지. 흙수저인 내가 좀 가져가면 어때, 싶어서. 그래도 돌려줬잖아. 유골함 보는데 뒷덜미가 곤두서더라."

민재의 말을 들으며 나는 고개를 갸웃거렸다. 선우도 나도 유학 얘길 꺼낸 적이 없었다. 그러니 민재가 유학에 관해 알 수가 없었다.

"네가 선우 유학 얘길 어떻게 알아? 우리는 그 얘기 한 적 없는데?"

"아! 그거? 동서울터미널에서 너희 둘이 하는 얘길 엿들었지. 사실 그때 나 삼척으로 가는 표 끊었는데 그 얘기 듣고 속초로 바꿨지. 망설이는 중이기도 했고."

민재가 히죽 웃었다. 그제야 선우의 큰 목소리에 놀라 주위를 둘러보던 일이 떠올랐다. 그때 바로 뒤에 야구 모자를 쓴 아이가 눈이 마주치자 슬며시 피하던 모습도 떠올랐다.

"너, 완전 계획적이구나! 나쁜 놈!"

"어쨌든 안 훔쳤잖아."

"또 뭐 숨겼어? 고백할 기회를 주는 거니까 솔직히 말해."

선우의 말에 민재가 뒤통수를 긁적거렸다.

"사실은.... 나, 한 살 많을걸. 열일곱이거든. 난 중3이라고 했지 열여섯이라고 한 적 없다 뭐. 한 해 꿇었거든. 헤헤, 나이 많은 거 알면 너희들이 불편해서 같이 안 다닐까 봐."

민재가 웃었다. 나도 당황해서 선우를 봤다. 나이가 많으니 이제부터 형이라고 불러야 하나, 여태 친구로 지냈으니 그대로 말을 놔야 하나, 판단이 서지 않았다. 선우도 같은 맘인지 나랑 민재를 번갈아 보며 머리를 긁적였다.

"야, 나이가 무슨 상관이냐? 딱 보니까 둘 다 정신연령은 나보다 위더구먼. 옛날에는 위, 아래로 8살 차이는 친구로 지냈대. 우린 겨우 1살 차이잖아."

민재가 나랑 선우의 팔을 잡고 장난스레 웃었다. 그러자 한 살 많은 낯선 민재가 아니라 여태 우리가 알던 또래 민재 그대로였다. 살짝 느껴지던 부담감이 확 사그라졌다.

"우씨, 어째 이상하다 했어. 선우한테 조언할 때 엄청 성숙하더라니. 그게 다 이유가 있었구만."

내가 눈을 가늘게 뜨자 민재가 다시 내 어깨를 콕 찌르며 웃었다.

"어쨌든 고맙다. 니들 덕분에, 특히 선우 네 덕분에 나도 열심히 살아야겠다고 마음먹게 됐어. 세상에서 내가 제일 불행하고 힘든 줄 알았는데...... 이제 정말 열심히 살 수 있을 거 같아."

민재는 세상 홀가분한 얼굴이었다.

"너, 돈은 있냐? 레일바이크 타느라 지출이 컸을 텐데."

"왜, 없으면 주게?"

민재가 내 앞으로 두 손을 쫙 내밀었다.

"자, 내 비상금 탈탈 털어준다. 나중에 꼭 갚아라."

나는 주머니에 꼬불쳐 뒀던 오만 원짜리 두 장을 내밀었다.

"오호, 내게 과분한 신사임당님을 두 분씩이나! 고마워, 언제든 갚을 날이 오겠지?"

민재가 나를 덥석 껴안았다.

"선우야, 엄마랑 살기 싫으면 우리 보육원으로 와. 내가 원장님께 잘 말씀드릴게."

민재가 선우 등을 툭 치며 말했다. 선우가 웃었다.

"아, 잠깐! 유튜버 엔딩 컷!"

민재가 우리를 향해 핸드폰을 꺼내 들었다.

"조회 수 늘었어?"

"놀랄 만큼. 구독자도 엄청나. 어쩌면 꽤 괜찮은 수입이 들어올지도."

"오, 그거 우리 덕이다! 나중에 한턱내라. 나 유명인사 되기 싫으니까 얼굴은 안 나오게 해."

"걱정 마. 뒷모습만 찍을 거니까. 둘이 돌아서 터미널 방향으로 걸어가. 오케이~"

등 뒤에서 민재의 목소리를 들으며 우리는 터미널을 향해 걸었다.

"자, 그대로 손 흔들어 줘."

우리는 배우처럼 민재가 시키는 대로 손을 흔들었다.

"친구들, 고마워. 나중에 멋진 모습으로 다시 만나!"

민재의 떨리는 외침이 등 뒤에서 들렸다.

나는 울컥해서 선우를 봤다. 선우가 손바닥으로 눈을 슥 훔쳤다.

"돌아보기 없기!"

내가 고개를 돌리려는데 뒤에서 민재 목소리가 날아왔다.

나는 고개를 끄덕이며 선우 어깨에 팔을 두르고 힘차게 터미널 안으로 걸었다.

에필로그

나는 천천히 선우의 편지를 뜯었다.

"안녕 영규야!"

선우의 낯익은 글씨체에 갑자기 가슴이 먹먹해졌다.

이런 이벤트가 있어 참 다행이다.

너한테 말하고 싶은 게 있는데 얼굴 보고 하긴 좀 그랬거든.

사실은…. 여행 계획할 때 내 생애 마지막 여행이라고 생각했어.

할머니 돌아가시고 나니까 내가 더 살아야 할 이유를 못 찾겠더라고….

아무 의욕도 없고, 희망도 없고…… 당장 내 삶을 마감해도 아파할 사람이나 있을까?

이승의 삶을 그만 끝내고 싶다는 생각을 했었어…….

민재랑 함께해서 참 다행이야. 아니 행운이었지.

여행을 하면서 그동안 나도 남들이 진 짐은 못 보고 내가 진 짐만 봤단 생각이 들어.

애매한 아저씨 말대로 나를 힘들게 하는 짐이 아니라 나를 살게 하는 힘이요 기쁨으로 받아들이려고 해. 그래서 어쩌면 내년 여름 방학 때, 내가 또 너를 졸라댈지 몰라.

같이 추억여행 2탄 떠나가자고…….

영규야, 정말 고마워. 사랑한다.

울컥 가슴이 치받고 올라왔다.

달력을 봤다. 2주 후면 여름 방학이 시작될 것이다.

녀석에게서 불쑥 연락이 왔으면 좋겠다.

그럼 나는 두말 않고 녀석과 새로운 모험을 떠날 것이다. 하지만 이번엔 국내가 아니라 외국이다. 한 달간 우리 아빠랑 함께하는 거다. 아빠가 하는 일을 지켜보며 아빠를 가까이서 좀 더 이해해 볼 작정이다. 아빠가 얼마나 뜨겁게 살고 있나 볼 것이다.

"엄만 싫다! 아직은 보고 싶지 않아. 너 혼자 다녀와. 뭐, 시간이 지나면 또 합칠지도 모르지. 그렇다고 너 때문이 아니고 우리가 서로 좋아져서야."

엄마는 내가 묻지도 않은 말을 했다. 하지만 난 이제 엄마, 아빠 문제는 신경 안 쓴다. 두 분이 알아서 할 일이다. 흐르는 강물처럼 함께 가다가 장애물이 나타나면 부딪혀 튕겨 오르며 뛰어넘기도 하지만 서로 다른 방향으로 갈라져 흐르다 어느 순간 합쳐지기도 하는 것이 강물이니까.

"외국?"

선우가 한 발짝 물러서면 나는 녀석에게 작년 여름 녀석이 내게 그랬던 것처럼

「발 딛고 선 강가를 떠날 용기가 없다면 건너편 강가로 출발할 수 없다」

앙드레 지드의 이 문구를 좔좔 엎어 줄 것이다.

그런데 굳이 녀석에게서 전화가 오기를 기다릴 필요가 있을까?

나는 핸드폰을 켜고 주소록에서 선우를 눌렀다.

띠리링, 띠리링~

신호 소리에 가슴이 뛴다.

아, 덤으로

   참고로 숙식 제공, 비좁은 텐트 절대 아님.

이라고 덧붙여야겠다. 선우는 어떤 표정을 지을까. ♣